LAUTER SCHÖNE LÜGEN

MännerschwarmSkript Verlag

Lauter schöne Lügen

Liebesgeschichten

Herausgegeben von
Joachim Bartholomae

MännerschwarmSkript Verlag
Hamburg 2000

Lauter schöne Lügen
Liebesgeschichten
Herausgegeben von Joachim Bartholomae
© für diese Ausgabe:
MännerschwarmSkript Verlag, Hamburg 2000
Die Rechte der einzelnen Beiträge liegen bei den Autoren
Umschlaggestaltung: Carsten Kudlik, Bremen
Druck: Interpress, Ungarn
1. Auflage 2000
ISBN 3 928983 80 6

MännerschwarmSkript Bartholomae & Co.
Neuer Pferdemarkt 32 • 20359 Hamburg
http://www.maennerschwarm.de

INHALT

Dem Andenken von

Detlev Meyer († 1999)

Detlev Meyer

Bericht an einen fernen Freund

Ich habe heute Vormittag eingekauft, Timo, als erwartete ich dich, als holte ich dich heute nachmittag von der Centraal Station ab, als müsste ich dich heute Abend füttern.

Es gibt alles, was dein Herz begehrt: Butter und Vollmilch, Crème fraîche und Sahnequark, Toastbrot und Kekse. Mein Gott, Timo, wie falsch du dich ernährst!

Schokoladenaufstrich habe ich selbstverständlich auch besorgt, wie immer. Es gibt Menschen, solche der extremeren Art, die sich gegenseitig mit Kot einschmieren, wir beließen es immer bei Nutella. Der Vorschlag kam von dir, wenn ich mich recht erinnere. Bei der ersten Anwendung schleckte ich dir Brustwarzen und Eichel ab, und du sagtest «Das ist doch absolut geil, oder etwa nicht?» Und ich sagte mit verschmiertem Mund: «Geil schon, aber nicht gut für die Zähne.»

Im Eisschrank sieht es aus, als wollte ich zum Kindergeburtstag laden, aber leider ist der kleine Jubilar verhindert ...

Weil Du derzeit verhindert bist, weil es dir gegenwärtig schier unmöglich ist, mich in Amsterdam zu besuchen, will ich dir von meinen Tagen hier detailliert Bericht erstatten:

Angekommen bin ich gestern Nachmittag, und logischerweise hat es mich nachts gleich in die Bars getrieben. Der Typ, mit dem ich es in einem dieser Fickverschläge in der oberen Etage des «Company» getrieben habe, war zirka Ende zwanzig, gut bestückt und sehr verständnisvoll. Nach meinem etwas vorzeitigen Orgasmus bestand er nicht darauf, mich zu penetrieren, obwohl er bereits ein Kondom über seinen Penis gezogen hatte. Ich war immerhin aufmerksam genug, ihm den Pariser abzurollen und, quasi als Dankeschön, ihm noch einmal mit meiner Zungenspitze die Harnröhrenöffnung zu kitzeln.

Als wir die Kabine verließen, lud er mich zu einem Bier ein. An der Theke entdeckte ich in seinem Schnäuzer ein paar graue Haare, und da tat es mir Leid, mich ihm verweigert zu haben. Im Licht betrachtet war der Typ übrigens eher Mitte dreißig als Ende zwanzig, was ich ihm aber keineswegs verübelte.

Ganz im Gegenteil, ich glaubte sogar, mich für meine *ejaculatio praecox* entschuldigen zu müssen. «Sorry», sagte ich, «aber in diesen Zellen upstairs bekomme ich nach zehn Minuten regelmäßig Platzangst.» Und er sagte: «Never mind! How about my place?»

Ich verspürte jedoch keine Lust, neben ihm zu erwachen und im grellen Licht des Morgens der ungeschminkten Wahrheit seines Alters in die Augen zu schauen. Der Typ war eigentlich sehr attraktiv, Timo, dir hätte er ausnehmend gut gefallen, aber mir war er zu sehr Mann, ausgereifter Mann, der tagsüber einer furchtbar ernsthaften Tätigkeit nachgeht. Der steht mit beiden Beinen mitten im Leben, unverrückbar, unerschütterlich, dachte ich, der ist vor langer, langer Zeit dort angekommen, wohin er wollte. Wie öde! Ich bin dann gleich nach Haus gegangen und habe vor dem Fernseher noch ein bisschen onaniert, mehr aus Gewohnheit denn aus Geilheit.

Ich war übrigens nicht allzu betrunken, und du darfst mir getrost glauben, dass meine erste Nacht in Amsterdam nicht mit einem Filmriss endete, was mich selber verwundert, da ich vor dem Besuch des «Company» ein paar Stunden mit dem trinkfreudigen Hubert (du kennst ihn?) verbrachte, wir hatten uns im «De Jaaren» verabredet (das kennst du). Was ich zum Trinken gegessen habe? Lachs und Salat, kein Dessert. Das Hauptgericht war ein erfreulicher Pinot Grigio für knappe dreißig Gulden. Nach dem zweiten Digestif meldete sich mein Glied und fing an zu nörgeln. Bauch und Kehle waren ruhig gestellt, also pochte nun *es* auf sein Recht, wollte *es* sich versorgt sehen. Aus diesem Grund führte es mich, wie bereits erwähnt, ins «Company». Mein Glied fühlte sich dort gleich wie zu Hause, während ich mir mit Schlips und Kragen sehr deplatziert vorkam.

Meinem kühnen Verstoß gegen den *dresscode* wurde jedoch die freundlichste Aufmerksamkeit zuteil, und ich darf dir berichten, mehr Blicke geerntet zu haben als alle Lederkerle zusammen.

Nun will ich keineswegs verhehlen, lieber Timo, dass ich ausgesprochen elegant aussah. Ich trug einen lichtgrauen Zweireiher aus feiner Wolle im Minihahnentritt zu einer dunkelgrauen Flanellhose mit Kellerfalte und Schlag. Ich neige zu der Ansicht, dass es dieser Schlag war, der mich so begehrenswert machte, falls du mir diesen kleinen Scherz bitte nachsehen möchtest.

Da ich auch schwarze Halbschuhe (Budapester), schwarze Kniestrümpfe und ein anthrazitfarbenes Oberhemd (Trabkragen) trug, sah ich sinister genug aus, um im düsteren Reigen mittanzen zu dürfen. Ja, ich gefalle mir sogar in dem Gedanken, ihn gestern Nacht angeführt zu haben. Meine gestrenge Eleganz, ironisch gebrochen von einer knallrot getupften Seidenkrawatte, stellte all die tragisch zerrissenen Jeans und die ranzigen Lederchaps in den Schatten. Mein Outfit entlarvte diese Kleidungsstücke als phantasielose *Masquerade*, die seit Menschengedenken beim Mummenschanz der harten Jungs getragen wird. Mit mir, Timo, war ein frischer Wind in die Bar geweht worden, den die Schmerzversessenen unter den Gästen insgeheim einen scharf nannten. Kurzum: Man erkannte in mir den Herrn, und so manches Knie hätte sich gern vor mir gebeugt.

Ich war aber eigentlich noch viel zu erschlagen von der Bahnfahrt und ließ es daher bei dem bereits erwähnten Stehfick in der Kabine bewenden.

Am längsten bei diesem Quickie hat, ehrlich gesagt, das An- und Ausziehen, mein An- und Ausziehen, gedauert. Der Typ warf Lederjacke und Denimhemd achtlos in die Ecke (wir hatten uns darauf verständigt, die Oberkörper zu entblößen), während ich Jackett, Schlips, Hemd und T-Shirt feinsäuberlich über die Türklinke hängte. Der Zweireiher ist übrigens, aus dieser «High Twist» genannten Schurwolle, einem Stoff, der so hoch gezwirnt wird, dass er mit innerer Sprungkraft gegen Knautsch und Knitter stabilisiert ist, wie die Herrenausstatter zu versichern nicht müde werden.

Folglich hätte auch ich meine Jacke nonchalant in die Ecke werfen können, aber ich wollte einfach kein Risiko eingehen. Den *darkroom* betrete ich als Dandy, und heraus komme ich als Clochard – das, Timo, war noch nie mein Stil! Selbst die peinigendste Geilheit darf uns nicht dazu hinreißen, die Gesetze des guten Geschmacks zu übertreten. Aber wem sage ich das, Lieber.

Als der Typ, er stellte sich später beim Bier als Jerry vor, mich auch noch bat, die Hose abzulegen, wurde ich fast panisch. Wohin nur mit dem guten Stück, schoss es mir durch den Kopf. Gewiss, die Hosenbeine sind weit genug, um über die Schuhe gezogen zu werden, welche, wie du weißt, ich in derartigen Örtlichkeiten nie ausziehe. Vielleicht bin ich heikel, aber es graut mir vor dem Gedanken, baren Fußes durch fremder Männer Spermalachen zu waten.

Was also tun? Guter Rat war teuer, denn die Klinke war ja bereits belegt.

Ohne Jerry beim Zwirbeln meiner Brustwarzen zu stören (was er übrigens mit dem zartesten Einfühlungsvermögen tat), entledigte ich mich geschickt der Beinkleider, schnüffelte dabei sogar noch an der Poppersflasche und hatte dann im Amylnitritrausch die glänzende Idee, die Hose von innen nach außen zu wenden und sie auf Jerrys Lederjacke zu deponieren. Allein ich entdeckte sie nicht, finde du einmal im *darkroom* ein schwarzes Kleidungsstück!

Also stocherte ich mit dem Spielbein in der Dunkelheit (derweil mir die Hoden massiert wurden), bis mein Fuß auf etwas Weiches trat. Sanft löste ich Jerrys Hände von meinem Skrotum, um mich mit der zweimal gefalteten Hose zu seiner Jacke zu bücken, die zu glätten ich selbstverständlich umsichtig genug war. Wie schnell, Timo, rutscht Stoff von Leder, nicht wahr? Ich muss beim Bücken wohl einen besorgten Seufzer ausgestoßen haben, den Jerry als lustvolles Stöhnen missverstand. Keck steckte er mir seinen rechten Zeigefinger in den Anus, erregt flüsternd, dass ich genau das jetzt brauche. Das, dachte ich, und ein paar Bügel!

Später, beim Anziehen, fungierte Jerry als Kleiderständer. Ich hieß ihn, Jackett, Krawatte und Oberhemd zu halten, um das T-Shirt überstreifen zu können. Dann befahl ich: «The shirt, please!»

«And now the tie, please!»

«Would you have the kindness to help me into my jacket?»

Jerry schien sich in der Rolle des Kammerdieners zu gefallen, er züngelte an meinem Ohr und hauchte: «You are nuts, baby! I think I love you.»

Als ich mit Jerry am Tresen stand, habe ich mich dazu hinreißen lassen, ihm meine hiesige Telefonnummer zu geben, ja, Timo, ich bin sogar so weit gegangen, ihn in unser beider Liebesnest zu laden. Du verzeihst mir das, nicht wahr?

Du bist derzeit unabkömmlich, was also soll ich tun? Mir in Erinnerung an dich die Seele aus dem Leib onanieren? Wäre das in deinem Sinne?

Keine Bange, Timo, ich vergesse dich schon nicht. Du bist immer in meinem Kopf, jeder Gedanke muss erst an dir vorbei. Überall sehe ich dich, in jedem Zimmer dieses Hauses bist du anwesend. Du liegst vor dem Kamin, du stehst unter der Dusche, du sitzt auf der Fensterbank und du springst die Treppe rauf und runter.

Auch die Gegenstände evozieren Gedanken an dich, alles, was du hier je berührt hast, trägt deinen Namen ...

Übertreibe ich? Nur unwesentlich, Timo. Glaube mir, als ich vorhin in der Küche in einer Schublade die Geflügelschere, die berühmte Geflügelschere, entdeckte, hätte ich heulen können.

Du erinnerst dich?

Wir haben gegessen. Ich rauche die Zigarette, die du am meisten hasst, die Verdauungszigarette, du räumst geräuschvoll den Tisch ab.

Ich schaue zum Fenster und rufe dir in die Küche nach: «Die Scheiben hätten es auch mal wieder nötig, Herzblatt!»

«Eine Sekunde», rufst du, «lass mich nur schnell die Fußböden wischen, die Wäsche bügeln und die Kinder ins Bett bringen.»

«Au ja, schrubb die Böden! Dann schleiche ich mich an dich heran, lüfte deine aschgraue Kittelschürze und fick dich von hinten. Und du musst stöhnen: ‹Aber, Herr Kommerzienrat, die gnädige Frau kann jeden Augenblick zurückkommen!› Und ich sage: ‹Halt die Gusche, Minna, deine oberschlesische Dienstmädchenmöse braucht das jetzt!› Und du fängst an zu weinen: ‹Wenn das mein armes Mütterchen sehen würde!»

Ich folge dir in die Küche und beobachte dich beim Abwaschen. «Soll ich abtrocknen?»

«Um Himmels willen», schreist du, «vergiss bitte nicht deine lebensgefährliche Geschirrhandtuchallergie! Ich habe nicht vor, dich in einer Urne nach Deutschland zurückzubringen.»

«Dummerchen», sage ich, «ich werde nicht verbrannt, ich werde einbalsamiert wie Lenin und Mao.»

«Klar, und in einem gläsernen Sarg aufgebahrt wie Schneewittchen.»

«Würdest du mich zurück ins Leben küssen, mein Prinz?», frage ich. Und du antwortest: «Du fällst nicht in

Schlaf, Chéri, meine Küsse halten dich wach. Solange ich mich um dich kümmere, wirst du frisch und munter bleiben.»

Du schaust mich an mit diesem Das-war-jetzt-ernstgemeint-Blick, welchen ich erwidere mit dem Das-habe-ich-auch-so-verstanden-Blick. Wir wissen beide, dass diesem Augendialog Schweigen folgen muss. Ein, zwei Minuten dürfen wir nichts sagen und uns auch nicht berühren. Es würde den Zauber zerstören.

Ich bin es immer, der das Schweigen bricht. Auch jetzt öffne ich, nach einem verschämten Räuspern, den Mund: «Verletz dich nicht, das ist furchtbar scharf!»

Lächelnd polierst du mit einem Tuch die Schneide des Brotmessers, nachdenklich wägst du es in der Hand, lässt es im Schein der Deckenlampe aufblitzen.

«Na, mein Held, hast du jetzt Angst?», fragst du.

«Vor dem Brotmesser? Natürlich nicht, du könntest mir gar nicht wehtun.»

«Wer weiß», sagst du, langsam auf mich zukommend, das Messer hebend, als wolltest du zustechen.

Ich weiche zwei Schritte zurück und lehne mich an den Türpfosten.

«Tu's!», sage ich, mein Hemd aufknöpfend.

Wir lächeln uns nicht an, wir versuchen vielmehr, uns mit Blicken zu durchbohren, und beide wissen wir: Das wird jetzt eines unserer ernsten Spiele, eines dieser höchst riskanten. Dass in diesen Augenblicken die Welt zu verstummen scheint, ist eines der großen Geheimnisse unserer Liebe, Timo. Kein Auto fährt, kein Radio plärrt, und Mensch und Tier halten den Atem an. Und es fragt sich die Welt: Werden sie wieder den Salto mortale vorführen, diese tollkühnen Artisten? Wagen sie ihn wieder, den vierfachen Todessprung?

Wir starren uns an und ich weiß, was du denkst. Du denkst: Das ist geiler als ficken. Und du flehst mich an, du bittest nicht, du flehst: Du darfst jetzt nicht blinzeln! Guck mich an, guck mich ewig an!

Ich hebe langsam meine linke Hand, greife mit Daumen und Zeigefinger nach der Messerspitze und ziehe dich an mich heran.

Ich sage: «Setz mir das Messer an die Brust!»

Sacht ritzt du mit der Spitze eine waagerechte Linie auf meinen Oberkörper, dann eine senkrechte.

«Ist das ein Kreuz?», frage ich heiser.

«Ja, das ist ein Kreuz.»

«Und jetzt ein Herz!», sage ich, und du zeichnest ein großes Herz auf meine Brust. Ich schließe die Augen.

«Beweg dich nicht!», sagst du. Ich gucke dich an.

«Nein, laß die Augen zu!»

Ich spüre die Messerspitze an meiner rechten Brustwarze, an der linken, am Nabel. Ich drücke meinen Bauch gegen den Stahl. Mit geschlossenen Augen will ich mir die Hose aufknöpfen.

Du sagst: «Noch nicht! Leg die Hände in den Nacken!»

Ich sehe den Anflug eines Lächelns auf deinem blassen Gesicht, du befiehlst: «Augen zu und stillgestanden!»

Ich höre, wie du dich ein paar Schritte entfernst, eine Schublade öffnest, mit metallenen Gegenständen klapperst.

«Nicht schmulen!», sagst du. Und dann spüre ich dich wieder vor mir, spüre deine Wärme, deinen Atem, deinen Geruch.

Du sagst: «Ich kauf dir morgen ein neues.» Und dann schneidest du mich mit einer scharfen Geflügelschere aus dem Hemd. In Fetzen fällt es zu Boden, mein Mund wird trocken vor Erregung, mich fröstelt.

Ich öffne die Augen, nehme dir Messer und Schere aus der Hand, lasse die Schere auf den Fußboden fallen und ziehe die stumpfe Seite der Messerschneide durch meinen vollgespeichelten Mund. Ich reiche dir das Messer: «Leck ab!»

Während deine Zunge über das Messer gleitet, ziehe ich dir die Hose in die Knie, dreh deinen Rücken zu mir und beginne, an deinen Arschbacken zu saugen. Ich lege mein Glied frei, onaniere. Plötzlich sagst du: «Stopp!»

Verblüfft frage ich: «Wieso?»

«Chéri», antwortest du kühl, «das wäre ein allzu herkömmlicher Abschluss. Wir lassen uns noch ein bisschen zappeln. Okay?»

Also konservieren wir unsere Geilheit für später. Wir knöpfen uns gegenseitig die Hose zu und kichern. «Worauf wir zwei aber auch immer kommen», sagst du. «Unglaublich!»

«Fandest du das auch so erregend?», frage ich.

Und du sagst pathetisch: «Himmel, mir wären fast die Eier geplatzt.»

Die Geflügelschere, mein ferner Freund, werde ich vor Jerry verstecken, sie bleibt uns vorbehalten, dir und mir.

Wie du mir fehlst ...

(1993)

Lutz Büge

Nicht im Traum

Der Urlaub ist natürlich mit Abstand die blödeste Zeit, um sich zu verlieben. Aber sonst kommt man ja nicht dazu. Allerdings, das muss ich gleich hinzufügen, wollte ich mich eigentlich gar nicht verlieben. Nicht wirklich. So was führt zu nichts Gutem, daraus entsteht nur Frust. Spätestens nach dem Urlaub, wenn wieder Routine einkehrt. Ich wollte mich nur ein bisschen amüsieren – Sex eben, unkompliziert und urlaubsmäßig. Griechisch. Und vielleicht wollte ich Jörg eins auswischen, so wie er mir mitunter.

Er lag am Strand neben mir und ignorierte wie üblich alles um sich her bis auf mich. Selbst die Sonne schien ihm egal, und ins Wasser ging er nur mit mir zusammen. Ich hingegen spähte demonstrativ nach Männern. Wir waren zwar zusammen in diesen Urlaub gefahren und schliefen nebeneinander in einem Zelt auf dem Campingplatz in der Nachbarbucht; aber das war auch schon alles, was uns verband. Ach ja, unsere Beziehung hätte ich fast vergessen. Fünf Jahre inzwischen! Und trotzdem spielte Jörg sich auf wie eine Gouvernante. Dabei kannte er mich gut genug, um zu wissen, dass das nichts nutzte.

Männer gab es hier genug, dies war schließlich ein Schwulenstrand. Noch dazu, untypisch für Griechenland, ein Nacktstrand. Für eine Weile hatte ich den blonden Jungen betrachtet, der richtiggehend interessant wirkte, vermutlich weil er als einziger eine Badehose trug; ansonsten war er einfach nur hübsch. Vorhin noch hatte er sich auf dem Rücken liegend gesonnt, aber dann hatte der ältere Mann – offenbar *sein* Mann – begonnen, ihm Brust und

Bauch zu streicheln und die Brustwarzen zu zwirbeln und war ihm schließlich mit Fingerspitzengefühl über die Wölbung der Badehose gefahren, die während dieser Behandlung immer auffälliger geworden war. Und da hatte sich der Junge kichernd umgedreht, und der halbe Strand hatte enttäuscht geächzt.

Es war so heiß, dass die Luft über dem Meer flirrte. Der Sand glühte vor Hitze, der Salzgeruch wurde überlagert von einer Wolke von Männerschweiß.

Ich wollte gerade aufspringen und zum Wasser hinunterlaufen, um mich abzukühlen, als nur wenige Meter vor mir ein junger Mann aufstand, den ich bisher nicht bemerkt hatte. Die Show mit dem Jungen in der Badehose war einfach spannender gewesen. Das Nächstliegende übersieht man eben oft. Aber wenn man's mal sieht, wird gleich Schicksal draus.

Er war ein Schlacks und gefiel mir auf Anhieb. Ich stehe auf schlacksige Scheiteltypen. Allerdings habe ich mit ihnen immer Pech. Entweder sind sie in der CDU und/oder Juristen, oder sie spielen Cello, und man darf sie nicht richtig anpacken. Dieser Junge hatte keinen Scheitel, sondern kurze, fast schwarze Haare. Er war groß, schlank und braun gebrannt, und seine Hinterbacken waren so klein und rund und fest, dass ich sie augenblicklich in meiner Handfläche zu fühlen meinte. Er ging zum Meer hinunter. Ich konnte meinen Blick nicht mehr von ihm abwenden.

«Lutsch ihm doch einen», hörte ich Jörg neben mir sagen. Meiner schlechteren Hälfte war natürlich nichts entgangen.

«Gute Idee», gab ich zurück, stand auf und machte mich auf den Weg zum Wasser.

Jörg folgte mir auf dem Fuß, aber er holte mich nicht ein. Der Schlacks stand bis kurz über die Knöchel im Wasser und fixierte einen Punkt am Meeresgrund einige Meter voraus, als ich zwei Meter neben ihm ins Wasser patschte.

«Oh, là là», sagte ich. «Ganz schön kalt, wenn man so lange in der Sonne gelegen hat.»

Er wandte den Kopf, sah mich aus tiefblauen Augen an und sagte:

«Nö.»

Dann sprang er ins Wasser und tauchte unter.

Spätestens in diesem Moment war es um mich geschehen.

«Soll ich einen Lappen holen?», fragte Jörg. «Du tropfst, meine Gute.»

Ich achtete nicht auf ihn, sondern warf mich entgegen den Ratschlägen aller Ärzte dieser Welt sofort ins Wasser, ohne mich lange an die Temperatur gewöhnt zu haben. So war ich Jörg wenigstens eine Weile los. Er war viel zu vernünftig, um mir gleich zu folgen. Die Rechnung ging auf: Als ich auftauchte, stand er noch nahe am Ufer und klatschte sich Wasser um die Schultern.

«Geht's dir gut?», rief er besorgt. «Warte, ich komme.»

Da es mir jedoch tatsächlich gut ging, tauchte ich sofort wieder unter und schwamm dicht über dem Meeresboden in die Richtung, in die der Schlacks verschwunden war. So konnte Jörg mir nicht so leicht folgen. Er war ein miserabler Schwimmer, noch schlechter als ich. Denn dass ich ein schlechter Schwimmer war, das merkte ich deutlich, als ich an die Oberfläche zurückkehrte und von meinem Ziel keine Spur entdeckte. Er war fort. Es dauerte eine Weile, bis ich ihn viel weiter draußen sah. Er kraulte wie ein Besessener.

Ziellos trieb ich dahin, bis Jörg neben mir auftauchte.

«Da siehst du mal, was ein Leistungsschwimmer ist», prustete er. «Willst du ihm nicht hinterher?»

«Später», sagte ich und tauchte ab, zurück Richtung Strand.

Es dauerte eine gute Weile, bis der Schlacks von seiner tour de force zurückkehrte. Er bot einen herrlichen Anblick mit den Hunderten von glitzernden Wasserperlen auf seinem sehnigen Körper. Da war ich beinahe schon wieder so aufgeheizt, dass ich auf der Stelle hätte baden gehen können. Aber ich beherrschte mich und versuchte, möglichst gewinnend zu lächeln. Und der Junge lächelte zurück, ehe er sich auf sein Handtuch legte und mich, wie mir schien, beim Zeitunglesen vergaß.

«Warum bist du so blass?», fragte Jörg, zuverlässig wie immer. «Hast du vielleicht gerade entdeckt, dass er mit seinem Freund hier ist, so wie du?»

«Sag mir, wo mein Freund ist!», erwiderte ich giftig. «Ich sehe nur die Jungfrau von Orléans.»

«Nichts über passende Vorbilder.»

Man konnte über ihn sagen, was man wollte, aber die Regeln des Spielchens zwischen uns beherrschte er einfach souverän.

Es stimmte, was er sagte: Der Schlaks hatte sich neben einem anderen Jungen niedergelassen, der viel kleiner und viel unauffälliger und überhaupt viel weniger attraktiv war als er. Die Parallele zu Jörg und mir war nicht zu übersehen. Trotzdem gefiel mir dieser Gedanke nicht sonderlich. Und weil ich wusste, wie ich mich für Jörgs spitze Kommentare rächen konnte, stand ich auf und ging hinunter zum Strand.

«Schon wieder?», keuchte er prompt.

Weitere Kommentare kamen nicht. Daraus schloss ich, dass er über meiner Verfolgung wenigstens für einige Sekunden vergessen hatte, den Schlaks im Auge zu behalten; denn der hatte mich gerade über seine Sonnenbrille hinweg gemustert. Und zwar *intensiv* gemustert! Dieser Blick aus blauen Augen warf mich schier um.

Ich kühlte mich ab und kehrte an Land zurück, während Jörg noch damit beschäftigt war, sich Wasser auf die Schultern zu schaufeln.

«Was denn nun!», schimpfte er, als ich sofort zu meinem Handtuch zurückkehrte und mich resolut niederwarf. «Geht's dir nicht gut?»

«Weiß nicht genau», antwortete ich.

«O Gott, es ist ernst», seufzte er.

Normalerweise wäre ich hinübergegangen und hätte ein Gespräch begonnen, am besten, um eine Verabredung zu treffen. Stattdessen sah ich nur immer wieder zu ihm hin – und blickte schnell beiseite, sobald er aufsah und mich bemerkte. Sein lang und fast lasziv hingestreckter Körper war mir dabei fast nebensächlich. Ich hoffte nur, er möge wieder zu mir herschauen und mir so tief in die Augen sehen wie vorhin, über den Rand seiner selbsttönenden Brille hinweg, übrigens ein Modell der Marke «Pilot Oberspießig». Aber als er tatsächlich hersah, war ich derjenige, der rasch den Blick abwandte.

«Komm, wir gehen was essen», schlug Jörg vor, nachdem er sich das eine Weile angesehen hatte. «Ich habe Hunger.»

«Ich nicht», sagte ich. «Geh du nur.»

Er brummte missgelaunt, doch das Wunder geschah: Er erhob sich und trottete Richtung Strandtaverne davon, und als er eine halbe Stunde später rundherum zufrieden zurückkehrte, hatte sich bei mir noch immer nichts ereignet, abgesehen davon, dass ich jetzt auf dem Bauch lag – und das nicht etwa, damit auch mein Rücken seine Portion UV-Strahlung abbekam.

«Du schwitzt wie ein Stier», sagte Jörg. «Du solltest dich ein bisschen abkühlen.»

«Geht gerade nicht», gab ich zurück.

Darauf nahm er die Mineralwasserflasche und verschwand Richtung Meer. Ich ahnte, was er vorhatte, und allein der Gedanke an die gewaltsame Abkühlung bewirkte zuverlässig eine gewisse Entspannung in der Krisenzone. Noch bevor Jörg mit gefüllter Flasche zurückkehrte, sprintete ich ihm mit nur noch halbsteifem Schwanz entgegen, lief ins Wasser und ließ es über mir zusammenschlagen.

Frieden umgab mich. Regungslos sank ich hinab zum Meeresboden, schwebte dann langsam wieder aufwärts und ließ mich einige Sekunden treiben und von den Wellen schaukeln. Ich wurde zu einem Teil des Meeres. Ich hörte das beruhigende Knistern der Kiesel, die von den Wellen am Strand hinauf- und hinabgerollt wurden. Irgendwo weit draußen auf See dröhnte ein Außenbordmotor, und wie durch eine dicke Wand hindurch drang das Lachen und Kreischen von Menschen an meine Ohren. Nein, von Männern. So kreischen nur Männer.

Ich hätte noch stundenlang so schweben können. Die Luft ging mir viel zu schnell aus.

«Das war ziemlich ungesund», sagte Jörg, als ich in die Welt zurückkehrte.

Der Tag zog sich in die Länge, trotz des prickelnden Augenspiels zwischen dem Schlaks und mir. Es wäre unerträglich geworden, wenn ich mit der Zeit nicht zu einer gewissen Gelassenheit zurückgefunden hätte. Eine erste Gelegenheit, ihn anzusprechen, ließ ich zwar noch verstreichen: Ich kam vom Wasser, er war auf dem Weg dorthin, wir gingen ganz dicht aneinander vorbei, sahen uns tief in die Augen, und ich brachte sogar ein Lächeln zustande, das er erwiderte; und das war alles.

«Und? Was hat er gesagt?», fragte Jörg.

«Scheißkerl», brummte ich.

«Glaub ich nicht», gab er zurück. «Ihr seid doch füreinander bestimmt.»

Ich traute meinen Ohren nicht. Das war nicht der Jörg, der eifersüchtig über jede meiner Regungen wachte, der Jörg, der mich keinen Moment aus den Augen ließ. Dass er mich auf den Arm nehmen könnte, kam mir nicht in den Sinn, für die feine Ironie in seinen Worten war ich momentan nicht empfänglich.

Und dann kam er doch, der entscheidende Moment. Ich zuckte in die Höhe, als ich neben meinem Schlaks plötzlich einen anderen Mann erblickte – und zwar nicht dessen Begleiter, jenen unauffälligen Jungen, der während des ganzen Tages weder ins Wasser gegangen noch überhaupt seine Blicke von der Zeitung hochgenommen hatte, sondern ein Dritter, der sich plötzlich neben meinem Schatz im Sand niedergelassen hatte, ein etwas schwammiger Fünfzigjähriger mit einem Ring in der Brustwarze.

«Was gibt's Neues daheim?», hörte ich ihn fragen und sah ihn dazu auf die Zeitung deuten, die der Angesprochene gerade weggelegt hatte.

Ich erbebte vor Eifersucht. Und da überlegte ich nicht mehr lange, sondern erhob mich und ging hinüber. Jörg seufzte leise hinter mir, blieb aber liegen.

«Das interessiert mich auch», sagte ich und setzte mich zu den beiden.

Mein Nebenbuhler war mit dieser Entwicklung unzufrieden, das spürte ich deutlich, und bestritt das folgende Gespräch nur halbherzig.

«Mann, ist das heiß», sagte er schließlich, «ich geh ins Wasser. Kommt ihr mit?»

Wir lehnten ab, denn erstens hatte die Hitze längst nachgelassen − es war inzwischen fünf Uhr −, und zweitens waren wir beide froh, ihn los zu sein. Wir warteten, bis er abgezogen war, sahen uns dann an und gackerten gleichzeitig los.

«Der hat aber schnell aufgegeben», sagte ich.

«Hat wohl eingesehen, dass er nicht mithalten kann», erwiderte der Schlaks und musterte mich. Seine Sonnenbrille hatte er inzwischen abgesetzt. Wir grinsten uns an, für ein paar Momente wortlos. Ich versank im Ozean seiner blauen Augen, und er sperrte sich nicht dagegen, sondern öffnete sich weit. Es war ein Gefühl, als würden wir uns schon lange kennen, als wären wir uns längst vertraut. Ich glaube, er war darüber nicht weniger erstaunt als ich.

«Von wem redet ihr?», fragte der Junge hinter uns, der Begleiter meines Schwarms, und beendete seine Zeitungslektüre.

Mein Gegenüber unterbrach den Blickkontakt zu mir, deutete zum Wasser hinunter, dem geschlagenen Verehrer hinterher, und sagte:

«Von dem da. Der wollte mich anbaggern.» Dann zu mir: «Das ist Maik, mein Freund. Meine Beziehung.»

Dieses ungünstige Wort betonte er kaum merklich.

«*Mein* Freund liegt da hinten», sagte ich rasch, ohne mir etwas von meiner Ernüchterung anmerken zu lassen, und winkte zu Jörg hinüber. «Er heißt Jörg.»

Und auch mich selbst stellte ich vor. So erfuhr ich schließlich, dass mein Flirt Michael hieß. Maik und Michael – was für ein hübsches Paar. Doch ich dachte die beiden nicht als Paar, ich hatte nicht vor, die Grenzen zu akzeptieren, die sich hier andeuteten – jedenfalls so lange nicht, wie Michael mir erlaubte, diese Grenzen zu ignorieren. Mehrmals zwinkerte er mir fast konspirativ zu, als befürchte er, ich könnte wegen Maiks bloßer Anwesenheit zurückschrecken. Aber ich sah Maik nicht als ernsthaftes Problem an, zumal er nicht sonderlich fix auf mich wirkte. Sein Misstrauen verschwand sofort, als er erfuhr, dass ich mit meinem Freund hier war – als ob damit alles geklärt sei.

Maik und Michael standen vor dem Ende ihrer Ferien, sie hatten schon fast alle griechischen Inseln bereist und würden in wenigen Tagen zurückfliegen. Zu meiner Überraschung stellte sich heraus, dass sie auf demselben Campingplatz logierten wir wir. Dass ich davon noch nichts mitbekommen hatte, musste daran liegen, dass sie erst gestern angekommen waren. Außerdem fand ich heraus, dass sie gemeinsam in Hamburg studierten, und zwar die gleichen Fächer: Germanistik und Geschichte. Ob sie auch noch zusammen wohnten, diese Frage wagte ich allerdings jetzt noch nicht zu stellen.

Schließlich winkte ich Jörg herbei. Betont schläfrig zuckelte er heran. Am liebsten wäre er dieser Begegnung aus dem Weg gegangen, denn er hatte keine Lust, seinen wohl-

verdienten Urlaub mit Liebesverwicklungen zu verkompli-
zieren. Doch darauf konnte ich keine Rücksicht nehmen.
Ich hoffte, er könne Gefallen an Maik finden. Doch Jörg
kannte mich gut genug, er wusste genau, was ich für die
günstigste Entwicklung hielt, und verweigerte strikt jede
Annäherung an Maik, indem er sich auf Michael konzen-
trierte. Maik saß stumm daneben. Kein Wunder, dass von
ihm schließlich das Signal kam, die Runde aufzulösen.

«Wir sollten langsam zurückgehen», schlug er vor. «Es
wird schon kühl.»

«Kommt ihr mit?»,fragte Michael.

«Nein, wir baden noch eine Runde», antwortete Jörg
schnell. «Jetzt ist es ja erst richtig schön.»

«Aber wir können uns später noch treffen», fügte ich hinzu und blitzte Jörg an. «Zum Essen. Was haltet ihr davon?»

«Wir kochen selbst», erwiderte Maik. «Wir haben alles
dabei, Campingkocher –»

«Aber heute Abend könnten wir ausnahmsweise mal
essen gehen», sagte Michael und lächelte Maik an. «Was
haltet ihr von dieser hübschen, kleinen Taverne am Strand?"

«Die wollten wir auch schon ausprobieren», warf ich
rasch ein. «Wir sind nur noch nicht dazu gekommen.»

Maik gab sich geschlagen, Jörg sagte nichts, und so verab-
redeten Michael und ich, dass wir uns um halb acht an der
Rezeption des Campingplatzes treffen wollten, um dann
zusammen zu der Taverne zu gehen. Und da nun alles
gesagt war, verabschiedeten wir uns, und Jörg und ich
kehrten zu unserem Liegeplatz zurück.

«Nur noch nicht dazu gekommen, wie?», ätzte Jörg. «Was
versprichst du dir davon?»

Er blickte dabei stur aufs Meer hinaus. Aus den Augen-
winkeln konnte ich verfolgen, wie Maik und Michael ihre
Sachen zusammenpackten und aufbrachen.

«Keine Ahnung», antwortete ich. «Mal sehen. Kommt
Zeit, kommt –»

«Lass die Sprüche. Ich weiß genau, was du vorhast.»

«Warum fragst du dann?»

«Weil das kein gutes Ende nimmt.»

«Nimm du doch den Kleinen. Der ist schließlich auch ganz nett.»

«Erstens stehe ich nicht auf Kleine, zweitens tut mir der Arme Leid, weil er nicht das Geringste mitkriegt, und drittens würde dir das allzu gut in den Kram passen.»

«Genau.» Ich winkte Michael zu, der sich noch einmal umdrehte und zurückwinkte, ehe die beiden aufbrachen. Dann sagte ich zu Jörg: «Wollten wir nicht noch einmal baden gehen? Schließlich ist es doch jetzt erst richtig schön.»

«Geh allein», brummte er.

Tatsächlich war das Wasser herrlich.

Ich fühlte mich sauwohl. Ich konnte zwar den Abend kaum erwarten, aber die Vorfreude darauf genoss ich trotzdem in vollen Zügen. Maiks Existenz spielte für mich keine Rolle. Ich summte leise vor mich hin, als wir über den felsigen Küstenpfad zum Campingplatz zurückgingen. Unter der Dusche summte ich weiter, ja, ich summte noch, während ich mir eine Portion Gel über die andere ins Haar schmierte. Und als ich zum Zelt zurückkehrte, sang ich gar leise.

«Tu mir wenigstens diesen einen Gefallen und hör auf zu trällern!», fuhr Jörg mich gereizt an.

Wir trafen uns pünktlich an der Rezeption. Michael sah blendend aus, und seine Augen strahten, als wir uns ansahen. Vor einem Kuss zur Begrüßung schreckte ich zwar zurück; ich gab nur die Hand. Doch als sich Maik auf dem Weg zur Strandtaverne nicht gerade als Meister der Konversation erwies, belegte ich Michael mit Beschlag. Tratschend und lachend gingen wir voraus, während Jörg hinter uns seine liebe Not mit Maik hatte. Um der Wahrheit die Ehre zu geben: Maik sagte während des gesamten Weges nur dann etwas, wenn er gefragt wurde.

Die Taverne an sich war nicht weiter aufregend. Es gab das Übliche, was es in griechischen Tavernen eben gibt: Souflaki, Calamares, Bauernsalat. Vor Moussaka hütete ich mich; ich hatte zu oft dreimal aufgewärmten Brei gegessen.

Aber die Atmosphäre war umwerfend. Die Taverne lag nur wenige Schritte vom Meer entfernt an einem schmalen Sandstrand und hatte eine Veranda, auf der man, geschützt vor dem kühlen Nachtwind, herrlich im Freien sitzen konnte. Zudem war nicht viel los. Die meisten Strandgänger vergnügten sich abends in der Stadt.

In dieser Atmosphäre wurden wir immer lockerer, selbst Maik. Wir tranken, fragten uns gegenseitig aus und erzählten uns dumme Geschichten, über die wir dann ausgiebig gackerten, vorzugsweise wie Jörg und ich uns kennen gelernt hatten und wie Maik und Michael sich kennen gelernt hatten. Daraus ließ sich natürlich erschließen, wie lange die Paare schon zusammen waren. Maik und Michael waren Jörg und mir um fast ein Jahr voraus. Tatsächlich waren sie beide vierundzwanzig Jahre alt, aber seit sechseinhalb Jahren zusammen: Sie waren einander die Ersten gewesen.

Jörg seufzte, als er das hörte, und murmelte:

«Wie romantisch.»

Spätestens in diesem Moment hatte er Maiks Zutrauen gewonnen.

Ich jedoch erfreute mich ebenso heftig wie heimlich an dieser Zahl sechseinhalb, denn meiner gesammelten Erfahrung nach gibt es nur drei Möglichkeiten, wie so was funktionieren kann: Entweder man beschränkt sich tatsächlich ausschließlich aufeinander – sicher der seltenste Fall – oder man macht es heimlich; oder man wird irgendwann so rattig, dass man sich an der nächsten Straßenecke vom ersten Besten im Stehen ficken lässt.

Michael war nicht selbstvergessen genug, um für den ersten Fall in Frage zu kommen. Sonst wäre er meinem Blick ausgewichen, sonst hätte er nicht unter dem Tisch sein Bein an meinem gerieben, sobald ich nur leicht gegen sein Knie drückte. Tatsächlich machte mich seine Selbstsicherheit verlegen. Er wusste, dass er gut aussah, er wusste, dass ich in ihn vernarrt war, ja, vielleicht wusste er sogar, dass ich auf dem besten Weg war, mich in ihn zu verknallen. Für mich dagegen war nur eines klar: Dies war mehr als eine der üblichen Liebeleien, die mit Sex enden. Jörg hatte das schon am Nachmittag begriffen. Aber was das bedeutete, das wusste ich nicht und wollte es auch nicht wissen. Es genügte mir vollauf, dass Michael mich in der Hand hatte. Das war ein großartiges Gefühl, dem ich mich ohne Zögern überließ.

Über dem Tisch unterhielten wir uns zotig und unverbindlich, aber ich brauchte nur in Michaels Augen zu sehen, um darauf zu vertrauen, dass er alles tun würde, damit heute Nacht etwas lief. Ich musste mich also nicht mehr anstrengen, ich konnte mich zurücklehnen und meinen Jagdinstinkt vergessen, ja, ich fand sogar Zeit, um Maik zu beobachten. Überrascht stellte ich fest, dass er von dem, was zwischen Michael und mir vorging, tatsächlich nicht das Geringste mitbekam. Ich konnte das kaum glauben, aber er schien vollkommen ahnungslos. Und das war – Ironie des Schicksals! – nicht zuletzt Jörg zu verdanken.

«Ach, du hast über Jean Paul gearbeitet? Ja, die Romantiker», sagte etwa Jörg.

«Aber wusstest du», führte Maik daraufhin aus, «dass die Romantik eine furchtbar zwiespältige Sache war? Gut, da war auf der einen Seite der Rückzug in die Innerlichkeit oder auch Intimität, wenn du so willst, also eine ziemliche Wichserei, aber dem stand auf der anderen –»

Um das etwas abzukürzen: Maik hielt zwei oder drei Fachvorträge, die Jörg hungrig verfolgte, als habe er so was seit Generationen entbehrt. Ich wunderte mich nicht wenig über meinen Begleiter, der schließlich auch mein Gatte war.

Nach dem Essen saßen wir und tranken, bis uns der Wirt schließlich unmissverständlich zu verstehen gab, dass wir die letzten Gäste waren. Darauf zahlten wir und machten uns auf den Rückweg. Michael legte eine betont bedächtige Gangart ein, während Maik, kaum dass wir uns erhoben hatten, einsilbig wurde. Auf halbem Weg gähnte er sogar. Seine Vorträge hatten ihn offenbar erschöpft. Jörg stieß ihn zwar kumpelhaft an und rüpelte:

«He, du wirst doch nicht schlappmachen?»

«Es ist Mitternacht, und ich bin in Ferien», erwiderte Maik. «Ich bin total fertig.»

Jörg wollte das nicht gelten lassen, aber Maik ließ sich nicht davon abbringen, dass seine Müdigkeit ganz normal war, weil sich sein Körper jetzt zurückholte, was er im Alltag nicht bekam. Schließlich musste er die letzten Ferientage genießen, so gut es ging.

«Mitternacht ist bei mir echt Anschlag», gähnte er und fügte hinzu: «In den Ferien.»

Darauf wurde auch Jörg einsilbig. Während des übrigen Marsches wurde zwischen den beiden kaum noch ein Wort gewechselt. Diesmal gingen sie voraus und drehten sich auch nicht um – Maik, weil er angeblich nur noch an seinen Schlafsack dachte, und Jörg, weil er sich trotz aller Überwachung am Strand ein Gespür dafür bewahrt hatte, was echter Beziehungskrach bedeutete.

Der Druck in mir stieg, je näher wir der Bucht kamen, in der unser Campingplatz lag. Mehrmals blickte ich Michael an, weil ich zu erfahren hoffte, was er unternehmen würde, um nicht mit Maik gehen zu müssen. Doch er vermied es jetzt plötzlich, den Blick zu erwidern, und er zwinkerte mir auch nicht zu, er ging nur nachdenklich, beinahe versunken neben mir her und ließ mich vollständig im Ungewissen. Wenn ich eine Frage stellte, antwortete er kurz angebunden, wenn ich eine Bemerkung fallenließ, reagierte er rasch und knapp.

Es war Jörg, der den Druck milderte. Ich verstand nicht, was er sich dabei dachte, mir einen Gefallen nach dem anderen zu tun und den Ereignissen so ihren Weg zu bahnen, ich staunte nur über ihn. Jetzt blieb er abrupt neben einer ragenden Felsengruppe stehen, so dass ich fast gegen ihn geprallt wäre.

«Was für ein Mond!», sagte er. «Ich glaube, wir sind im Süden.»

Fast beklommen blieb ich dicht bei ihm stehen. Seine Bemerkung, so lapidar und blödsinnig sie daherkam, traf den Kern der Dinge – nicht nur, weil wir tatsächlich im Süden waren, sondern weil der Mond an einem Sternenhimmel stand, den man daheim in Deutschland in dieser sommerlichen Pracht nie zu Gesicht bekam. Geil und gelb prangte er im Schützen – nicht ganz voll und nicht ganz halb, sondern irgendwas dazwischen, ebenso wie das Licht, das er spendete: zu wenig, um klar zu sehen, zu viel, um sich zu verlaufen. Stolpern hingegen konnte man durchaus.

Wir schwiegen für einige Sekunden. Dann gähnte Maik.

«Ich bin müde, ich muss wirklich schlafen.» Er wandte sich zu Michael um. «Du hast doch nichts dagegen, dass ich schon mal vorgehe? Ihr könnt ja hier noch ein bisschen den Mond angucken.»

Das waren wirklich seine Worte!

Jörg drehte sich um und grinste mich an, aber in seinem Blick war, soweit ich das bei diesem Halblicht erkennen konnte, zugleich etwas Bemitleidendes. Ich grinste zurück, kaum fähig, meinen Triumph zu unterdrücken.

«Aber warum denn!», rief Michael aus. «Es ist doch so schön!»

Wir standen nahe der Spitze der felsigen Halbinsel, die zwischen den beiden Buchten ins Meer hinausreichte. Die Wellen klatschten leise, fast schläfrig gegen die nassen Felsen zu unseren Füßen, das Mondlicht glitzerte auf dem Wasser, und alles zusammen genommen war zu schön, um wirklich zu sein.

«Ja, der Süden», sagte Maik. «Guckt ihn euch noch ein

bisschen an. Ich kann nicht mehr. Ich war den ganzen Tag in der Sonne. Das schlaucht.»

Ich war weit von jeder Erschöpfung entfernt. Die Frische der Nacht, der Wind, der übers Land aufs Meer hinausstrich, die klammen und dennoch trockenen Düfte von Thymian und Rosmarin belebten mich – und vor allem natürlich die Aussicht auf Zweisamkeit mit Michael. Es lag nun ganz bei ihm.

«Okay, ich komme gleich nach», sagte er zu Maik. «Schlaf gut.»

«Also bis nachher», nuschelte Maik, küsste Michael und machte sich auf den Weg Richtung Zeltplatz.

«Bis nachher», sagte ich zu Jörg und küsste ihn ebenfalls. Ich zwang ihm diese Geste einfach auf.

Er zögerte einige Sekunden, ehe er sagte:

«Gut, aber mach nicht so lange.»

«Versprochen», murmelte ich.

Dieses Versprechen würde ich brechen, das wusste ich schon in diesem Augenblick. Dazu brauchte ich Michael nicht anzusehen.

Wir warteten und sahen den beiden hinterher, bis sie in der Nacht kaum noch zu erkennen waren. Dann kicherte Michael. Gleich darauf seufzte er.

«Der Ärmste», sagte er leise. «Er denkt, wir gehen jetzt noch spazieren oder was weiß ich.»

«Er hat keinen Verdacht?», fragte ich und bemühte mich, das Zittern in meiner Stimme zu unterdrücken; ich war aufgeregt wie ein Schuljunge.

«Manchmal verstehe ich ihn einfach nicht», gab Michael anstelle einer Antwort zurück. Das Weiß seiner Augäpfel funkelte im Mondlicht, als er mich ansah. «Es ist, als ob er mir nichts zutraut. Dieses grenzenlose Vertrauen –»

Ich hatte den Eindruck, dass er beinahe gekränkt war.

«Komm, wir gehen spazieren», schlug ich rasch vor, ehe er in die falsche Stimmung entgleiten konnte.

Er lachte leise auf. Dann nickte er, sah mich an und zwinkerte mir endlich wieder zu.

«Wohin?»

«Zum Strand?»

Langsam gingen wir hinunter zum Strand. Wir sprachen nicht, aber wir sahen uns immer wieder an und lächelten, und ehe aus unserem Schweigen eine Mauer werden konnte, die wir später vielleicht nicht mehr überwunden hätten, nahm er meine Hand. Es war etwas unbequem, auf dem schmalen Pfad zwischen Dornenbüschen und Felsen nebeneinander zu gehen. Trotzdem ließ ich seine Hand nicht mehr los.

«Hier ist es gut», sagte Michael und setzte sich nahe am Wasser in den feinen, kühlen Kies.

Ich ließ mich neben ihn sinken, lehnte mich zurück auf meine Ellenbogen, und wir begannen mit dem vorletzten Teil unseres Spiels.

Das Meer lag kaum bewegt vor uns, der Wind strich mir zart um die heiße Stirn. Die Bucht öffnete sich nach Süden, und vor uns, unmittelbar über dem Horizont, funkelten die Sterne des Skorpions und des Schützen vor dem Zentrum der Milchstraße im Hintergrund. Doch ich sah kaum hin, mein Zentrum war die Hand, die in meiner ruhte, und meine Gedanken kreisten einzig um seinen Körper.

Und trotzdem war es plötzlich alles andere als leicht, den Wünschen Taten folgen zu lassen. Zwar mochte zwischen uns schon alles klar sein, ohne dass wir darüber ein Wort verloren hätten, aber nun beschlich mich eine ungewohnte Beklemmung. Selten hatte ich den Graben, der jeden Körper von allen anderen trennte, derart deutlich wahrgenommen. Normalerweise fiel es mir leicht, diese plötzlich entstehende Distanz zu überwinden. Ein flapsiges oder zärtliches Wort, je nach Situation, eine flüchtige Berührung, der man rasch eine zweite, weniger flüchtige folgen lassen konnte – etwas in dieser Art. Und tatsächlich hatten wir den

Graben mit Gesten und Knien schon mehrfach überwunden. Der Weg war geebnet. Natürlich war mir klar, was nun folgen musste, und ich wollte das ja auch. Unbedingt! Diese plötzliche Scheu war mir unerklärlich. Vielleicht lag es daran, dass es anders war als sonst, dass Michael nicht irgendeiner war, sondern – ja, wer? Oder auch nur daran, dass es an ihm lag, den ersten Schritt zu tun, nicht an mir.

Doch er unternahm zunächst nichts, er ließ sich Zeit, saß einfach nur da und blickte aufs Meer hinaus, ehe er sich endlich, endlich neben mich legte und mich ansah. Dann legte er seine freie Hand auf meinen Unterarm und schüttete den Graben damit blitzartig zu. Jetzt konnte ich mich zu ihm hinabbeugen, bis meine Nasenspitze fast die seine berührte. Tief und nah sah ich ihm in die dunklen Augen. Dann nur noch wenige Zentimeter, und unsere Lippen trafen sich.

Trocken, dachte ich. Seine Lippen waren trocken und weich.

Er kam mir nicht entgegen, er schloss die Augen und ließ es geschehen. Dann erst öffnete er seine Lippen, und bei einem ersten vorsichtigen Tasten trafen sich die Spitzen unserer Zungen. Ich spürte, wie er zusammenzuckte. Im nächsten Moment riss er die Augen auf in einer Mischung aus Entsetzen und Euphorie, und dann lag er plötzlich der ganzen Länge nach auf mir, drückte mich flach auf den Kies, plötzlich steckte seine Zunge tief in meinem Mund, und seine Hände wühlten in meinem Haar.

Und da explodierte ich.

Meine Arme umschlangen ihn, drückten seinen Körper fest an mich, so dass ihm die Luft wegblieb, meine Hände glitten seinen Rücken hinauf und hinab, fuhren unter sein T-Shirt, umwölbten seinen Hinterkopf und seine Arschbacken, die ich schon heute Nachmittag am Strand in meinen Händen zu fühlen gemeint hatte und die sich viel besser anfühlten, als ich es mir hatte vorstellen können: fest, klein, fast mager. Wir rieben uns aneinander, ich spürte seine Erregung und drängte mich ihm entgegen, um ihn meine spüren zu lassen, ich wälzte uns herum und lag nun plötzlich auf ihm, jetzt war er derjenige, der zurückgedrängt wurde bis tief in den Mund, und er war an der Reihe, meine Arschbacken zu packen. Ich hörte sein Keuchen, sein Seufzen, ich nahm seinen Atem in mich auf und gab ihm meinen. Ohne den Kuss zu unterbrechen, zerrten wir uns die Kleider vom Leib. Wir klebten aneinander, fast wie ein einziger Körper. Der Kies knirschte unter uns, als wir am Strand entlangrollten, mal er oben, mal ich, endlich nackt, endlich nur dieser glatte, schlanke Körper so dicht an meinem, dass ich vor Glück feuchte Augen bekam. Es würde nie wieder anders sein, wir würden für immer umeinander rollen.

Schließlich ging uns der Atem aus. Benommen, mit klopfenden Herzen lagen wir eng umschlungen nebeneinander, keuchend, dampfend, gespickt mit winzigen Kieseln, die ich leise in meinen Haaren klirren hörte; selbst im Mund hatte ich welche.

Als ich Michael ansah, entdeckte ich den Ernst in seinen Augen, den ich selbst fühlte. Dies war kein Spiel mehr, kein beliebiges Urlaubsabenteuer. Auch Michael spürte das, ohne davor zu erschrecken; er zögerte nur kurz, ehe er mich erneut küsste. Ich drängte mein Unbehagen zurück, alle Gedanken an die Außenwelt; die zählte jetzt nicht. Es würde sich ein Weg finden. Irgendein Weg, damit wir zusammen sein konnten, damit wir diese Kraft erforschen konnten, die zwischen uns existierte. Dies war unser Kosmos, unserer ganz allein. Ich schloss die Augen, und nun bestand dieser Kosmos nur noch aus einem Kuss, einer Zungenspitze, die an meinen Zähnen entlang glitt, und einer zärtlichen Hand zwischen meinen Beinen.

Er war makellos, er war einzigartig, sein ganzer Körper war von einer wunderbaren, sehnigen Glätte, seine Brust flach und doch stark, sein Schwanz kraftvoll und hart. Seine zarte Rosette war so locker, dass ich nur wenig Spucke brauchte, um mit dem Finger hineinzukommen. Michael drängte sich mir regelrecht entgegen, und dazu seufzte er tief, und mir drehte sich alles vor Augen, sobald ich sie aufschlug: sein Gesicht und an den Rändern meiner Wahrnehmung der Sternenhimmel, das Meer, Griechenland, die ganze Welt. Also schloss ich die Augen schnell wieder.

Kurz darauf spürte ich seinen Schwanz an meiner Rosette. Ich hatte nur meine Beine um seine Hüfte gelegt, während wir über den Strand wälzten, aber es passte, ich spürte dieses Klopfen in mir, genau das wollte ich jetzt. Rasch nahm ich ein wenig Spucke, und gleich darauf glitt er in mich hinein, ohne jeglichen Schmerz, obwohl sein Schwanz nicht eben klein war. Es war mehr als nur in Ordnung, es war zum Heulen. Nicht im Traum hätte ich mir das jemals ausmalen können. Ich warf den Kopf in den Nacken und riss den Mund auf.

So lagen wir seitlich da, bewegten uns nicht, küssten uns auch nicht, hielten die Augen geschlossen, beide fasziniert von der Verbindung, die unsere Körper eingegangen waren. Dann plötzlich war ich obenauf. Ich staunte selbst, was mich dorthin brachte, aber ich saß auf ihm mit ihm in mir, ich hörte ihn stöhnen und spürte zugleich seine Hand an meinem Schwanz.

Ich weiß es nicht mehr genau, aber ich glaube, wir kamen gleichzeitig – er in mir, ich auf ihn. Vielleicht entspringt das nur meiner Neigung, die Erinnerung zu verklären; Tatsache ist, dass ich zu Bewusstsein kam, als sein schlaff gewordener Schwanz aus mir herausglitt. Da ließ ich mich neben ihn in den Kies sinken, keuchend und schwitzend und so glücklich, dass ich zu schweben meinte, und die Geräusche der Welt drangen nur gedämpft an mein Bewusstsein: das leise Rauschen der Wellen, ein bellender Hund ganz weit weg. Frieden.

Unsere Schläfen lehnten aneinander, unsere Blicke waren

zum Himmel gerichtet. So warteten wir, bis die Hitze verflog, und streichelten uns zärtlich.

«Komm, wir gehen baden», flüsterte Michael an meinem Ohr.

Im ersten Moment wollte ich lieber liegen bleiben, aber er zerrte mich in die Höhe, und so stolperte ich hinter ihm her ins Meer. Übermütig stürzte er sich auf mich und riss mich um, gemeinsam tauchten wir unter. Das Wasser war so warm wie die Luft, weich und warm.

Ich glaube, wir schliefen dann sogar ein, nackt am Strand, denn ich erinnere mich noch, dass mir schlagartig kalt war und dass ich heftig zitterte. Ich sehe uns, wie wir benommen aufstehen und uns auf den Weg zu den Zelten machen, aber ich weiß nicht, wie spät es war, ich erinnere mich nur noch, dass wir auf Schlafende stießen, die auf ihren Iso-Matten in Schlafsäcken hier am Strand übernachteten, nicht weit von der Stelle entfernt, wo Michael und ich den Kies aufgewühlt hatten. Und ich weiß noch, dass ich zu Michael sagte, wir hätten wohl Zuschauer gehabt. Ich verstand nicht, was er darauf erwiderte, er zitterte heftig.

Hinter den Strandgebäuden des Campingplatzes war es gleich zwei, drei Grad wärmer. Wortlos schlichen wir durch die Reihen der Zelte, und als wir uns trennten, sagte Michael, nun einigermaßen klar, zu mir:

«Bis morgen.»

Er gab mir noch einen hastigen Kuss. Ich glaube, dass er in diesem Moment mit seinen Gedanken schon nicht mehr bei mir war. Dann drehte er sich um, ohne mich noch einmal anzusehen, und verschwand hinter einer Hecke.

Auch ich sehnte mich nach Wärme. Jörg schlief tief und schnarchte leise, als ich in unser Zelt kroch, doch als ich mich unter Rascheln in meinen Schlafsack verpackte, drehte er sich zu mir um und murmelte mir, ohne aufzuwachen, ein Hallo ins Ohr.

Ich muss dann fast sofort eingeschlafen sein. Ich erinnere

mich nur an die wachsende Wärme. Das nächste Bild, das ich wieder vor meinem inneren Auge habe, ist Jörg, der aufrecht neben mir saß. Ich werde diese Szene nie vergessen.

Es war schon hell, und ich fragte nach der Uhrzeit: halb neun. Er wollte wissen, wann ich zurückgekommen sei. Ich kam nicht mehr dazu, ihm zu antworten, denn in diesem Moment nannte eine Stimme draußen vor dem Zelt meinen Namen. Es war Michael. Ich öffnete rasch den Eingang des Zeltes und wollte fragen:

«Schon auf den Beinen?», aber ich stockte, denn Michael sah erbarmungswürdig aus. Er war blass und hatte dunkle Ringe unter seinen roten, verheulten Augen.

«Was ist los?», wollte ich wissen.

«Wir reisen jetzt ab», sagte er matt, müde von langen Beteuerungen.

Ich erstarrte. Mechanisch nahm ich den Zettel entgegen, den er mir hereinreichte. Dann drehte er sich ohne weitere Worte um und ging davon.

Ich faltete das Stück Papier auseinander, das eilig aus einem kleinen Notizbuch herausgerissen worden war, und las:

«Wir haben viel zerstört. Ich hoffe, nicht alles. Melde Dich eventuell mal – Michael.»

Darunter stand seine Adresse. Das war alles.

Erst sank ich zurück. Ich konnte es nicht fassen. Dann brach ich in Panik aus. Mit überhasteten Bewegungen wollte ich mich aus dem Schlafsack befreien, um Michael nachzulaufen, verhedderte mich aber nur darin.

«Nicht!», sagte Jörg leise zu mir. Er hatte inzwischen die Nachricht gelesen. «Du hälst sie nicht auf.»

Ich wusste, dass er Recht hatte, aber ich musste es versuchen.

Ich irrte über den Platz, vorbei an mehreren Zelten, vor denen junge Leute mit Campingkochern Wasser für ihren Instantkaffee erhitzten. Ich hatte ja keine Ahnung, wo

Michael und Maik ihr Zelt aufgeschlagen hatten. Mehrere Stellplätze sahen danach aus, als sei hier hastig ein Zelt abgebrochen worden; die Spuren im Staub waren frisch. An einem dieser Plätze fand ich ein Taschenmesser, dass jemand in der Eile vergessen hatte – vielleicht Michael. Er selbst war nirgends zu sehen. Ich nahm das Messer und rannte zum Strand hinunter, denn der Weg zur Bushaltestelle führte durch die Klippen an der Taverne vorbei. Aber auch hier keine Spur von Michael.

Als ich zum Zelt zurückkehrte, hockte Jörg ebenfalls vor dem Campingkocher und starrte in den Topf mit dem Kaffeewasser. Ich konnte ihn nicht ansehen, ich ging an ihm vorbei, stieg ins Zelt, wühlte mich in meinen Schlafsack und begann zu heulen.

Ein paar Minuten später legte sich Jörg neben mich. Ich spürte seine Hand auf meiner Schulter, aber er sagte nichts. Da warf ich mich herum, in seine Arme, die er um mich schloss. Wie einem kleinen Kind streichelte er mir den Hinterkopf.

«Es war also wirklich ernst», murmelte er.

Ich habe nie ein Wort des Triumphes von ihm gehört, weil er das üble Ende vorausgesehen hatte, und nicht den geringsten Vorwurf, weil ich mich zu ungeschütztem Sex hatte hinreißen lassen; er wusste genau, dass ich dafür zu zahlen hatte, dass ich nun drei Monate in quälender Ungewissheit leben musste, bis ich einen Test machen konnte. Zum Glück war alles in Ordnung.

Ich denke nicht gern an jenen Tag zurück. Es war einer der schlimmsten meines Lebens. Dumpf schlich ich später durch die Ruinen, deren Besichtigung Jörg zur Beschäftigung und Ablenkung angeordnet hatte; der Schwulenstrand verbot sich heute von selbst. Und als wir am brütend heißen Nachmittag nach unserer Rückkehr baden wollten, blieben wir in der Bucht vor dem Campingplatz, am anderen Ende des Strandes, weit weg von jenem nächtlichen Platz.

Wir rückten wieder näher zusammen an diesem Tag, vielleicht sogar näher, als wir jemals zuvor gewesen waren, den Anfang unserer gemeinsamen Zeit ausgenommen.

«Es wird vorbeigehen», sagte Jörg immer wieder.

Es ging vorbei, aber das dauerte.

Ich schrieb Michael gleich nach der Heimkehr einen langen Brief, auf den er knapp antwortete, er habe seine Beziehung gefährdet, und das sei es nicht wert gewesen. Ich erfuhr, dass Maik irgendwann in jener Nacht aufgewacht sei, als Michael noch mit mir am Strand gewesen war; und da sei es Maik wie Schuppen von den Augen gefallen, und er habe auf Michael gewartet, um ihn gebührend zu empfangen. Für den Rest jener Nacht hatten beide kein Auge mehr zugetan. Ich erfuhr nicht, ob Michael sich und sein Gefühl verteidigt hatte – denn dass an diesem Erlebnis nichts Falsches gewesen sein konnte, diese Tatsache war in meinen Augen über jeden Zweifel erhaben. Sein Brief endete in dem Satz:

«Es ist immer das Gleiche, aber es ist nie dasselbe.»

Damit stellte er mich in eine, wie ich vermute, lange Reihe heimlicher und mehr oder weniger beiläufiger sexueller Abenteuer. Das schmerzte, denn es entsprach nicht der Realität – für mich nicht und auch nicht für ihn.

Ich habe ihn nie wieder gesehen, aber jene Nacht am Strand kann ich nicht vergessen. Und ich will es auch nicht.

Thomas Böhme

LIPPENBEKENNTNIS

SCHALE UND FRUCHT

Ich gab ihm die Hand zurück. Er sah sie sich genau an. Zählte die Finger nach, befühlte die Nägel, fuhr mit der Fingerkuppe die Schicksalslinien entlang. – Ja, du wirst alt werden, sagte ich. – Woher willst du das wissen? – Ich weiß es eben.

Er wird nie erfahren, dass ich ihm eine geschälte Hand zurückgab, dass ich immer, wenn ich ihm scheinbar absichtslos über die Hand strich, sie ihm schälte, mal die rechte, mal die linke, wie es sich traf.

Oft ertappte ich ihn dabei, wie er seine Hände betrachtete, halb verwundert und halb beglückt, diese Hände, die ihm überall Einlass verschafften, wo er sie zeigte, nervös und braun wie Turnierpferde und ohne die Zeichen permanenter Verwüstung, keine Rauchspuren, keine Narben, kein Höhlengeruch.

Du wirst alt werden, wiederholte ich, deine Hände aber, so lange du bei mir bleibst, werden deine Hände nicht altern. Und ich berührte mit den Fingerspitzen sein Gesicht. Er schüttelte unwirsch den Kopf. – Lass das! Dabei strafte er mich mit einem wütenden Blick.

Es war Mai oder Juni, als ich erstmals diesen harten Zug um seine Lippen bemerkte. Von diesem Tag an versuchte ich, immer wenn wir uns sahen, oft zwei bis drei Mal die Woche, seine Wangen zu streicheln. Ab und zu überraschte ich ihn, dann ließ er es mit schläfrigem Ausdruck in seinen Raubtieraugen geschehen.

Ich spürte seine Verachtung, aber ich hielt ihr stand. Er genoss seine Überlegenheit, und ich wollte nur, dass er glücklich war. Dass er kam, meine Nähe suchte, galt mir als der sicherste Beweis. Etwas kettete uns aneinander, wir wussten nicht was, denn wir redeten nur Belangloses oder beleidigten uns mit den übelsten Ausdrücken, die wir kannten oder erst noch erfanden.

Ein Gesicht zu schälen ist soviel schwerer als eine Hand. Und manchmal war ich schon nahe daran, aufzugeben, wenn seine junge Haut sich über den Wangenknochen straffte und um die Mundwinkel die ersten Barthärchen sprießten. Nicht, dass ich ihn deshalb weniger liebte.

Er wurde von Mal zu Mal schöner, bis man es gar nicht mehr aushielt in seiner Nähe, ohne ihn zu berühren. Mit jeder geschälten Partie wurde er schöner. Ich rede lieber nicht mehr von seinen Händen und erst recht nicht von seinem Gesicht. Seine Haare waren elektrisch geladen. Ich erinnere mich gut an die Stromstöße, die ich durch sie bekam. In den zwei Jahren, die wir uns kannten, war er gewachsen. Bald waren wir gleich groß, dann überragte er mich sogar. Wir maßen unsere Kräfte im Armdrücken. Irgendwann besiegte er mich.

Ich hatte keine andere Wahl. Ich würde von seinem Körper, die Signaturen des Alterns würde ich Zoll für Zoll von ihm schälen. Als ich mich einmal entfernt von ihm setzte, sah er mich mit ernsten, vielleicht sogar traurigen Augen an. Es sollte wohl heißen: Wir können beide nicht aus unserer Haut. Ich dachte, na, wenn du wüsstest! Dann drehte er sich weg von mir, rollte sich eine Zigarette.

An diesem Abend muss er beschlossen haben, mich zu verlassen. Plötzlich hatte er es sehr eilig fortzukommen. Kein Wort, nur dieser unerbittliche Blick, den man nicht mehr zurücknehmen kann.

Mir wird nichts bleiben als ein paar vertrocknete Mandarinenschalen unter dem Schreibtisch, zwischen den Büchern und hinter den Regalen. Denn er schälte die Mandarinen, von denen er nie genug kriegen konnte, mit akribischer Sorgfalt. Mit den Schalen bewarf er mich. – Treffer, rief er erfreut, wenn er meinen Kopf erwischte. Es war nicht böse gemeint, eher war es so eine Art Liebkosung, die einzige, die er glaubte, sich gestatten zu dürfen.

Ich hätte ihn gern so gründlich geschält, wie er seine Mandarinen. Zu den Verheißungen, die ich damit verband, hätte er nur mit den Schultern gezuckt. Was bedeutete ihm schon ewige Jugend! – Das ist mein Bauch, sagte er, und wenn er fett wird, dann wird er es eben.

Ich schaute ihm nach. Er ging erhobenen Hauptes. Seine schmale Gestalt verschwand hinter den Bäumen.

VOLL VON TUNNELN ist das Herz des Jungen.
Man soll immer hindurch, niemals verweilen, nur nicht sich
häuslich einrichten.
Doch, mal ehrlich, diese Tunnel sind gegraben ohne Sinn
und Verstand,
und mit allem erdenklichen Plunder sind sie verstopft.
Wie soll sich denn da einer durchfinden:
Strecken, Stollen, Haarnadelkurven, die nirgendwohin
führen.
Und wozu Gardinen, wo gar keine Fenster sind, und wozu
die Herbergsordnung
und Bilderrahmen für die schwarzen Gewölbe?
Und warum diese Temperaturen wie in der Sauna
und mittendrin noch ein Schreibtisch?
Und er wird sagen: Der ist für dich.
Und er wird sagen: Beim Schreiben musst du doch
nackt sein.
Und er wird sagen: An Bildern soll es nicht mangeln.
Und er wird außerdem sagen: Nichts im Herzen eines
Jungen ist so wie es scheint,
nicht die Ausgänge, nicht die Pässe, nicht mal die
Inschriften an den Wänden,
die das Grubenlicht nur verwirrt, dass kein X an ein U
heranreicht!

WOHIN WOHL TREIBEN die Floße, die hinter deiner Stirn auf die Strömung warten? Ich kann verstehen, dass du lieber von Schiffen sprichst, sind doch die Wasserfahrzeuge dein ganzer Stolz, und in deinem Alter spielt der Unterschied auch noch gar keine Rolle. Da kann man sich noch dem Fließen des Stromes überlassen, irgendwann wird man ankommen. Die Zeit ist im Bunde mit den Flößern, die Sonne, Wind und Regen auf ihren gebräunten Rücken musizieren lassen.

Trotzdem wüsste ich gern, für welche Reise sie gebaut sind. Sie kommen mir so zerbrechlich vor, so wie Strohmatten, die man auf Leisten aus Styropor geklebt hat. Da kannst du kein großes Gepäck mitführen, kaum einen Kamm, einen Pfennig, ein Ei. Doch ich vergaß, in deinem Alter reist man noch unbeschwert, lässt Meyers Handlexikon und die scharfen Harpunen lässt man zurück, ganz zu schweigen von Kompaß und Karte und dem Kühlschrank, den deine Mutter dir vollgepackt hat.

Irgendwann wirst du ankommen, irgendwo, wo du noch immer der Jüngste unter den Seeleuten bist. Das muss ein schönes Gefühl sein, wenn du dann mit dem Kamm durch dein dichtes, geteertes Haar fährst, wenn dir für deinen Pfennig das stolze Gibraltar zu Füßen liegt – ich habe jetzt einfach mal einen Zielhafen eingesetzt –, wenn das Ei, falls du es nicht unterwegs verlierst, seinen Schwan endlich hergibt, der dich noch zu ganz anderen Küsten entführt. Wenn du ahntest, was da hinter dieser gestirnten Silhouette alles noch auf dich wartet ...

ICH WEISS NICHT, OB NEAPEL zu den Augenfarben gehört, die man nur auf der Zunge mischt. Ich denke, daran sind schon begabtere Künstler gescheitert.

Oder, was meinst du, warum die Statuen in den Tempeln mit leeren Augenhöhlen auf uns herabblicken! Es soll doch nicht heißen, dass sie uns nicht sehen dürften. Aber nicht davon wollte ich sprechen. Ich suche ja nur nach Gründen, warum ich für deine Augen noch nicht die passende Farbe gemischt habe.

Neapel ist jedenfalls bei Licht betrachtet eine Weinfarbe, die durch das Flaschengrün gesehen an die Erde erinnert, auf der solche schweren Sorten gedeihen. Das heißt, ohne Hilfe des Gaumens ist da gar nichts zu machen. Darüber können wir später noch reden. Ich suche ja nur nach Gründen, warum es gerade Neapel sein muss.

Würden wir einen Ort dieses Namens besuchen, hätten wir alles dabei, du deine Augen, die man ganz ohne Nebensinn die Augen des Weins nennen würde, und ich meine Zunge, die der Wein immer erfinderisch gemacht hat. Dass uns die Reise jede Menge blinde Apolle und zu Dutzenden blinde Amoren beschert, die wir neidlos zurücklassen, versteht sich von selbst. Ob ich dann in irgendeiner verödeten Gasse oder an einem der klebrigen Tische mit den Gläserspuren der vergangenen Nacht diese oder eine andre Geschichte aufwärme, wer weiß das zu sagen.

Wir hätten ja dann alles dabei: zwei Augenpaare und auch zwei Zungen –

als ob uns dazu nichts einfiele, als ob uns *dazu* nichts einfiele!

ICH HÄTTE DIR GERN die springende Spinne gezeigt, heute morgen am Steilufer. Sie sprang von meiner Hand auf die Decke wie ein Grashüpfer. Aber du hattest Schule und wärst auch sonst nicht mit mir gekommen.

Dieser Strand, wo die Sträucher bis weit ins Wasser stehen, ist dir entschieden zu einsam. Und wer weiß, ob dich eine springende Spinne überhaupt interessiert.

Es war so ein sonniger Morgen, die Frösche hockten noch in den Büschen und der Kampfhund, der Stöckchen holte, ließ mich unbehelligt. Er blickte nur kurz zu mir hin. Ich störte ihn nicht.

Dann blieb es lange ganz ruhig. Die Frösche waren abgetaucht, die Schwäne mit ihren sieben Jungen glitten lautlos vorüber. Was blieb, war die Spinne, die sich immer wieder an meine Hand pirschte.

Später zogen auch Wolken auf. Ein Mann, nackt wie ich, rieb sein Glied und sah auffordernd zu mir hin. Na, das hätte dich sicher in Panik versetzt. Ich musste grinsen, dann grinsten wir beide, ich dachte an dich und drehte mich weg. Ich rauchte, ich las, ich legte Patiencen.

Was gab's sonst? Tauchen, Schwimmen, Wassertrompeten. Als ich raus kam, fröstelte ich. Die Spinne war immer noch da. Der Mann zog sich an. Im Gras raschelte eine Maus.

Ich dachte an dich, was ich erzählen, was besser verschweigen würde. Natürlich erzähle ich alles. Wie dumm von mir! Jetzt wirst du erst recht nicht mitkommen wollen.

DU BIST DER ERSTE, dem ich ein Kind ins Ohr
pflanzen möchte,
oder besser noch Zwillinge, in jedes Ohr einen.
Das hört sich sehr kompliziert an, doch es ist denkbar
einfach.
Und die Freude, die du dabei empfinden wirst, ist mit
nichts zu vergleichen,
außer vielleicht mit dem Glück eines Springbrunnens,
wenn der Absperrriegel nach langem Winter wieder
geöffnet wird.
Du brauchst keine Angst haben, es wird dir nicht wehtun;
diese Kinder sind klein wie Schnecken. Sie sind auch
geformt wie Schnecken
und passen sich mühelos dem Labyrinth an, für das sie
bestimmt sind.
Auch sind sie recht leicht zufrieden zu stellen.
Praktisch leben sie nur von der Luft, und wenn du so willst,
von der Liebe, von der Liebe, die sie hervorgebracht hat.
Dass man sie gemeinhin für unsichtbar hält, kann dir doch
nur zum Vorteil gereichen.
Und hören, hören wirst nur du sie allein. Wenn du schläfst,
werden sie dir ihre Zufriedenheit kundtun.
Es wird sein wie ein leises Kichern,
wie das Kichern von Schnecken eben, das man abends in
jedem Garten vernimmt.
Und dann, mein Freund, weißt du auch, dass sie
glücklich sind –
glücklich bei dir zu sein, glücklich, weil ich sie zum Leben
erweckt habe,
glücklich weil sie geborgen sind und noch glücklicher,
wenn ich ihnen in deine Ohren hinein kleine Geschichten
erzähle.

ICH FRAGE MICH, warum das Wort *Lippenbekenntnis* immer im Sinne von Unaufrichtigsein gebraucht wird. Ich habe Schwertschlucker gekannt, deren ganzes Leben war Lippenbekenntnis, und nichts als das!

Und du weißt, wenn ich von Lippen schreibe, habe ich immer nur deinen Mund vor Augen.

Und wenn ich *Schwertschlucker* schreibe, denke ich an die Narbe, die deine Oberlippe markiert. Das gehört wohl dazu, dass man auch manchmal daneben trifft. Mag sein, du wirst mir vorwerfen, ich hätte von deiner Kunst längst nicht alles begriffen. Wahrscheinlich ist es noch ärger, ich habe ja keine Ahnung von Schwertern und wie man sie schluckt, ohne ein Harakiri heraufzubeschwören.

Dass die Kunstfertigkeit der Lippen gefragt ist, steht außer Zweifel, nicht wahr? Was aber zwischen die Zähne gerät, müssen die Zähne auch greifen.

Was, wenn sie den Stahl einfach anritzen, statt ihn in die richtige Lage zu biegen? Gewiß, du schweigst über diese Dinge, denn Verschwiegenheit ist das erste Gebot eines Künstlers, der seine Arbeit ernst nimmt. Und du nimmst sie doch ernst? Und was, wenn die Klinge, statt über die Zunge zu gleiten wie ein Schlittschuh über den Teich, was ist, wenn sie diese sanfte, verschwiegene Zunge zerspaltet? Das kennst du doch, wenn sie sagen, da schweige einer mit gespaltener Zunge!

Wo also beginnt und wo endet die Kunst der Schwertschluckerei? Gibt der Gaumen nicht acht, ist es um dich geschehen. Lässt die Gurgel sich zu viel Zeit, bricht das Schwert unversehens aus deiner Kehle hervor. Und auch das weißt du schon, wie sehr ich der Unversehrtheit deines Halses bedarf. Und reden wir nicht von Atmung und Schluckreflex!

Du kannst mir das alles erklären, sagst du, ja doch, ja! Aber bitte lass mich einfach *mein* Lippenbekenntnis dem deinen hinzufügen, dann ist es gut.

IN DEINEN HALB GRÜNEN, halb grauen Faltern waren die Lichter bereits erloschen. Ich meine, das war normal, wenn man an die Jahreszeit dachte, an die Kürbiszeit, die für das einfältige Gelb zu Halloween steht.

Aber dann sah ich, wie der braune Flaum, durch den deine Steine sich so weich angefühlt hatten, einfach dahinschmolz, als hätten die Steine es aufgegeben, Vögel zu sein. Es gefiel mir immer weniger, tatenlos zuzuschauen, wie die Dinge, die deine Talente ausmachten, eins nach dem anderen, ihrer Bestimmung entfremdet wurden, während du noch ganz ahnungslos damit prahltest.

Ich kann nicht sagen, wie sehr mich dies alles schmerzte.

Nur zu gern hätte ich dich gefragt, warum die Fährten, die du anlegtest, weder ans Meer führten, noch zu den lichtreicheren Gletschern. Diese Frage spare ich mir auf, bis du bereit sein wirst, sie zu verstehen.

Ich glaube, das Warten hat einen sauren Geruch.

Gehen wir unterdessen noch mal die Farben durch: das Grün, das Braun, das Grau und das Gelb. Du wirst es kaum glauben, aber drei davon sind die Farben der Liebe, meiner Liebe zu dir. Und die vierte summiert die Gefühle der Ohnmacht, der Eifersucht und des Neides.

ER IST UNSTERBLICH, jeder Junge ist lange, lange
unsterblich.

Und wenn er geliebt wird, ist das Unsterbliche, also das
Wasser, sein Element.

Er scheut keine Klippen, keine Strömungen, keine Strudel.
Und mischt seine Säfte hinein. So kann auch das Wasser
nicht altern. Er kehrt an Land zurück, um das Feuer in
Gang zu halten.

Denn das Feuer ist seine zweite Natur.

Wenn er ein Haus zimmert, und sei es ein Haus der Liebe,
so nur, um es abzufackeln.

An jedem Ufer sieht man die brennenden Häuser der
Jungen. Und dieses hier war besonders liebevoll konstruiert.

Er zündet sich eine Zigarette nach der anderen an.
Mit Streichhölzern, Feuerzeug, Tabak und Blütenpollen
kennt er sich aus.

Er hält die Feuer in Gang,

das, welches ihm das Gesicht schwärzt,

und das, welches ihm das Innere teert

Denn unsterblich wie er, und so jung wie das Wasser,
verschwendet er an das Schwarze noch keinen Gedanken.

Von Erde, Asche, Staub, diesen Altertümern, will er nichts
wissen.

Vom Hinterlassenen will er nichts wissen.

Und die Luft, die Luft, die so jung wie das Wasser, so unsterblich wie er, überlässt er gerne den Mädchen,

die dem Feuer, dem Wasser ihren Atem beimischen.

Auch wenn ihm ohne sie, ohne ihre belebende Nähe,
etwas fehlte, tut er so, als bemerke er ihre Anwesenheit
gar nicht.

Denn gekommen ist er, um sich dem Wasser hinzugeben.
Und gekommen ist er, um Brände zu legen.

Und bleiben wird dieses Bild: nasse Haut, die den
Feuerschein reflektiert,

und die flirrende Luft über den Flammen.

IN DIESER NACHT WOLLTE ich nicht alleine bei meinen Türmen bleiben. Ich rief dich an. Deine Schwester nahm ab. Er ist grad mal unten. – Er soll zurückrufen, sagte ich. Ich wusste, du würdest eher auf Händen nach Andalusien laufen, als mich anrufen. Wie komme ich grad auf Andalusien?

Später versuchte ich es erneut. Diesmal hatte ich deine Mutter am Apparat. Wir sehen ihn nur noch zum Essen, klagte sie. – Ich muss ihn unbedingt sprechen, erwiderte ich. Sie war nah am Weinen. Aber ich war wohl noch näher dran.

Keine Ahnung, wie du uns so weit gekriegt hast. Von den Türmen sagte ich besser nichts.

Dauernd klingelte es. Jedesmal eine Enttäuschung. Als ich schon anfing, dich und das Telefon zu verfluchen, kam dein Rückruf. Augenblicklich hatte ich dir alles verziehen.

Was geht ab, Alter? fragtest du. – Nichts Besonderes, musste einfach mal deine Stimme hören. – Ach so, aber sonst geht's dir gut? – Klar, Mann, und eins wollte ich dir noch sagen. Wenigstens *eine* Nacht könntest du's mal mit mir versuchen. – Werden wir sehen, sagtest du. – Schlaf schön. – Du auch.

Mit Andalusien hatte ich also doch etwas übertrieben. Ich baute weiter an meinen Türmen, obwohl sie, wie immer, kurz vor ihrer Vollendung einstürzten.

Ich dachte, dass uns höchstens zwei Kilometer trennen, vielleicht sogar weniger, und dass wir uns fast berühren können im Schlaf.

Obwohl mir das längst nicht genügte, schlief ich phantastisch wie nie.

HATTE ICH WIRKLICH ZU LANGE an deinem Hals
gelegen?
Ich war überwältigt. Und doch überraschte es mich,
wie wenig Landschaft er mir verriet.
Nicht das eintönige Geflüster von Baumstämmen,
nicht mal ein Quentchen Birke.
Eher die Maserung einer sehr sorgfältig gedrechselten Säule.
Allein schon die Silberkette deutete auf Verschwendung, auf
puren Glanz.
Er passte sich meiner Kopfform an, eher unaufdringlich,
eher so, als wolle er nur nicht unhöflich sein.
Ich konnte nicht anders, ich musste ihn mit meinen Händen
umschließen.
Denn Hände spüren bekanntlich am besten den Atem des
Materials.
Und hat es dich etwa verstört,
dass ich ihn mit dem Mund probierte,
dass die Lippen das prüften,
was die Hände zuvor für gut befunden hatten?
Lippen lassen sich manchmal täuschen, aber nicht,
wenn man sie vorher ein wenig mit der Zunge befeuchtet.
Gut. Ich verstand, dass du deinen Hals mir nicht ganz
überlassen wolltest.
Du musst mir nur sagen, wenn ich mich seiner zu heftig
bediente!
Dann werde ich mich bescheiden. Werde ihn zeichnen mit
Japantusche,
ihn preisen in kyrillischer und arabischer Schrift,
ihn nur noch berühren mit meinem fürsorglichen,
mit meinem verwilderten Blick.

DU HAST MIR NOCH NICHT gesagt, welche Jahreszeiten du mit mir bereisen willst.

Bis jetzt kennen wir nur den flachen, ungeduldigen Frühling, der uns zwar die Knöchel umspült und sich gebärdet, als wolle er einem die Füße wegreißen. Aber die paar Spritzer an Waden und Kniekehlen sind ja keine echte Herausforderung.

Da ist das Hinabgleiten in die traumblauen Abgründe des Sommers ein größeres Wagnis. Man muss dann schon wissen, wo man sich halten kann und wie mit den großmäuligen Fischen umzugehen ist, die uns nur anglotzen, ohne uns wirklich willkommen zu heißen. Diese Fische, in ihrer Blödheit, glauben wahrscheinlich, der Sommer gehöre ihnen allein.

Oder denk an den Herbst! Seine roten Plateaus, die der Sturm glatt gebürstet hat, sind nur schwer zu erklimmen. Doch hat man es endlich geschafft, will man nicht mehr hinunter. Welche Aussichten, Freund, welche phantastischen Weiten, die sich uns öffnen! Der Sommer ist dann nichts als ein Tintenklecks in der Schlucht, und der Frühling, wo du einst deine Angel auswarfst, ein Fädchen, das sich durchs Tal windet.

Wie herrlich es oben sein mag, auch der Abstieg hat seine Reize. Beim Eintauchen in die Nebelbänke, die die Flachländler gerne für Wolken halten, wird sich zeigen, ob wir gelernt haben, aufeinander zu achten. Denn leicht geht einer verloren im Herbst, in diesem grausigen, majestätischen Herbst!

Und wenn wir die Stadt namens Winter tatsächlich erreichen, mit ihren Billardtempeln und verrauchten Kaminen, hätten wir dann nicht genug zu erzählen? An den Feuerstellen, Tabak und Tee zur Hand, wären wir gern gesehene Gäste. Abends liefen wir Arm in Arm durch die schneeblinden Straßen. Und die frostigen Wächter ließen uns unbehelligt passieren, denn wir kämen von weit ...

So könnte es sein. Schon schäumt der Holunder.

Ich sitze am Fenster. Zu Tabak und Tee schreibe ich dies Gedicht.

Du hast mir das Stichwort dafür gegeben.

Doch eins weiß ich längst:

Es betrifft dich nicht.

DU HAST DEIN MÄDCHENGESICHT aufgesetzt.
Du spielst mit mir Rätselraten. Was immer ich raten soll,
die Antwort kennst du: Du bist mein Junge.
Dein Bauch wölbt sich unter meiner Berührung.
Aus den Tiefen deiner Labyrinthe erfindest du einen
Mädchennamen, den du mir mit heller Stimme ins Ohr
flötest.
Doch wenn ich versuche, deine Haut mit den Lippen
zu raten,
entziehst du dich mir und murrst mit rauhem Akzent:
Du machst nur Stress!
So ist das immer. Du gibst die Rätsel auf
und erwartest, dass ich die Lösung
allein mit den Händen finde, und manchmal
darf ich auch sie nicht zu Hilfe nehmen.
Die Antwort kennen wir. Und dennoch beginnen wir
dieses Spiel wieder von vorn.
Du entspannst dich. Du lässt mir Bedenkzeit.
Du fragst nach der Uhrzeit, nach Papiertaschentüchern,
immerzu lenkst du ab, damit ich dein Rätsel vergesse.
Du freust dich, wenn du mich in die Irre geführt hast.
Du lachst, aber dein Lachen verrät dich.
Ich weiß die Antwort: Du bist mein Junge!

BEVOR DU ANFÄNGST, mich zu lieben,
sollst du erst alle anderen Möglichkeiten probieren!
Hattest du niemals den Wunsch, einen Fisch zu bewohnen?
Er würde dich um die Welt tragen, alle Ozeane
durchmessen.
Dann komm zurück, dann darfst du mich lieben.
Oder willst du dich lieber als Baum versuchen?
Du könntest erfahren, wie es ist,
in die Höhe und in die Tiefe zugleich zu wachsen.
Liebe mich erst, wenn du genug davon hast!
Oder hast du schon einen Ameisenstaat gegründet?
Du entwickelst dabei Talente, die du bitter benötigst,
Liebe heißt, nach ihren Anfängen, auch, den Überblick
 zu behalten.
Warst du noch nicht auf dem Mond?
Manche Entscheidungen brauchen Abstand, verstehst du?
Oder hause von mir aus ein Jahrtausend im Gletscher.
Hinterher kannst du immer noch überlegen,
ob sie sich lohnt, deine Liebe.
Überschlafe es. Lass es so wie es ist:
Ich der Liebende, *du* der Junge, der manchmal vorbeikommt,
ohne Verpflichtungen, ohne Gewissensbisse,
weil der Tag etwas bessres verspricht,
und weil du noch alles probieren musst,
bevor du dich kennst.

DER SOMMER BRÜLLTE, er war Blitz und Bier.
Ein kreischendes Zahnrad wälzte sich durch das Fenster.
Die Dachkammer trat als Schmiede auf. Die Dinge
reduzierten ihre Funktion, waren Hammer, Amboss,
Tiegel, Schürhaken und Schmelzofen.
Ich sehnte den Abend herbei.
Ich hatte alles Interesse an den Zangen verloren.
Der Lärm, der jeden Gedanken lähmte, kündigte auch
dein Kommen an. Ich wusste, in diesem Jahr
waren deine Schenkel heller als meine.
Für eine Weile würdest du mit den Geräten,
die ich nicht mehr ertragen mochte, herumspielen.
Gut, sagte ich, denn ich seh dir auch gerne beim
Hämmern zu.
Der Tanz deiner Muskeln hat vor den Feuern seinen
eigenen Reiz.
Und nicht allein wegen der Hitze würdest du deine Hosen
abstreifen.
Blitz und Bier würden von unseren Körpern Besitz
ergreifen.
Noch eine viertel Umdrehung des Zahnrads, dann käme es
knirschend zum Stillstand.
Und du, meine Hand dirigierend,
fletschtest der Wollust die Zähne.

WALTER FOELSKE

HERZGEWÄCHSE

Es hat damit begonnen, dass Grimbald, Axel Grimbald, eines Morgens von seinem Schreibtischfenster aus den Jungen in der Hoftür hat auftauchen und den Hund, einen schwarzbraunen Schäferhund, von der Leine hat losmachen und ihn auf die Wiese hat scheuchen sehen, wo er dann in weiten Bögen um die Lindengruppe herum und immer wieder zum Jungen zurückgejagt ist, der zuletzt einen Ball, Tennisball, aus der Jackentasche gewühlt und in Richtung Teppichstangen geworfen hat, so dass der Hund, der anfangs am Jungen hochgesprungen und nach dem Ball in seiner Hand geschnappt hat, sich herumgerissen, dem Ball hinterhergehetzt ist und ihn zum Jungen zurückgebracht hat, wieder und wieder, wie man das so kennt. Grimbald, mit heiklen, schon seit geraumer Zeit stockenden Arbeiten an seinem Manuskript befasst, hat sehr bald das Interesse an diesen Mätzchen verloren und, wie schon seit Tagen, auch heute wieder versucht, die gerissenen Gedankenfäden neu zu verknüpfen und seinen Text voranzutreiben – vergebens.

Dann hat er eine Pause eingelegt.

Am liebsten wäre er raus aus der Stadt und für eine oder zwei Wochen durch eine möglichst raue Landschaft, zum Beispiel die Eifel, gewandert, allein, mit nichts als seinen Gedanken beschäftigt. Doch er ist zu träge gewesen. Ein Termin mit einem Redakteur vom WDR, den er durchaus hätte verschieben können, hat ihm als Ausrede für sein Bleiben gedient, und so ist er, Tag für Tag später aus bleischwerem Schlaf auftauchend, vormittags lesend und dösend in seinem Lieblingssessel beim Fenster zur Straße gesessen, hat mittags in wechselnden Kneipen ein gleichgültiges Essen heruntergeschlungen und ist dann ziellos, mit leerem Kopf und vollem Bauch, durch die Stadt gestreift, sehr bald schon auf der Suche nach einem ihm möglichst noch unbekannten Café, wo er sich seine geliebte Stachelbeertorte mit Sahne und danach seinen Beaujoulais hat schmecken lassen und wo er nach dem zweiten oder dritten Glas aufgeblüht war und die Welt mit helleren Augen angeschaut hat als vorher. Einmal ist er auf einen männlichen Caféhausbediener getroffen, den jungen Sohn des Besitzers, der möglicherweise für eine erkrankte Serviererin hat einspringen müssen, und hat, nach dem vierten Glas Wein, den Jungen, der ihn schon lange im Auge gehabt hat, jetzt endlich seinerseits ausführlich, um nicht zu sagen: schamlos, taxiert, und wieder einmal hat er erlebt, wie ein Mensch, gleichsam aufgespießt von seinen, Grimbalds, Blicken, wie hypnotisiert jedem Zucken seiner Lider gefolgt ist, der Junge hier, indem er schrittweise, als sei er herbeigewinkt worden, näher an ihn heran und, beim geringsten Heben seiner Braue, wieder zurück an seine Spiegelsäule geflüchtet ist, wo er weiter hündisch, wie Grimbald hat denken müssen, seinen Befehlen entgegengelauert hat. Am Abend, vor dem Fernseher, durch dessen Programme er sich lustlos gezappt hat, ist ihm das Caféhausspektakel noch einmal kurz durch den Kopf und er hat sich, grinsend über ein Phänomen, das er heute nicht zum ersten Mal hat beobachten können, wohlig geräkelt und sich erneut dem Sog der verschwimmenden Bilder hingegeben, die ihn zuletzt in den Schlaf gelullt haben. Nach gut einer Woche ist er, ausgeruht, wie er gedacht hat, zurück an seinen Schreibtisch und mit gesammelter Kraft über die unterbrochene Arbeit her, die ihn anfangs tatsächlich wieder gepackt und zwei Tage lang in Atem gehalten hat.

Am dritten aber ist er wieder nur so dagesessen und hat keinen Satz aufs Papier bringen können. Als er, nach langem

Starren auf das Glas mit den Tintenpatronen, den Blick gehoben und über die Hofwiese hat schweifen lassen, ist ihm wieder der Junge mit dem Hund ins Auge, wie er, diesmal in einer Art Schlafanzug, der seidigrot an ihm herabgeflossen ist, am Hoftürpfosten gelehnt und dem Jagen des Hundes zugeschaut hat, mit dem er diesmal aber nichts hergemacht, den er im Gegenteil, wenn er seinen Rundlauf unterbrochen und an ihm hochgesprungen ist, von sich geschleudert hat, unwirsch, wie Grimbald hat denken müssen. Zuletzt ist er, mit an den Türpfosten gelehntem Kopf, völlig entspannt nur so dagestanden, lange Zeit ohne sich zu rühren, und Grimbald hat nicht anders können als nach dem Opernglas in seiner Schublade zu greifen und, indem er den Store zur Seite gerafft hat, das Glas auf den Jungen anzulegen, der ihm wie ein rotflammendes Fanal in den Kopf ist und den er bis zu seinem Untertauchen im Hausflur nicht wieder hat loslassen können. Vom Hund ist ihm zuletzt nur noch der schlagende Schweif durchs Auge.

Von nun an hat er, immer morgens zwischen acht und neun, auf den Jungen gewartet, der nie lange auf sich hat warten lassen. Schulferien, hat er denken müssen – oder ist der Junge kein Schüler mehr? Auf fünfzehn oder sechzehn hat er ihn geschätzt: Ein viel zu magerer, fast ausgemergelter Typ mit unmodisch langem Haar und fahrigen, beim Kampf mit dem Hund oft stürmischen Gebärden, so als reiße er sich das Tier, wenn es ihn allzu sehr bedrängte, gewaltsam vom Herzen, wo es, hat Grimbald denken müssen, einen bevorzugten Platz besetzt hält. Der Junge liebt den Hund. *Ich* will mehr von dem Jungen wissen.

Dann ist die unglaubliche Geschichte passiert. Den Hund hat er nachgerade, wenn nicht gehasst, so doch, wie er sich zuletzt, wenn auch mit Kopfschütteln über sich selbst, hat eingestehen müssen, beneidet wie einen erfolgreicheren Rivalen, ein Gefühl, das oft nah an Hass herangereicht hat. Nie zuvor hat Grimbald sich mit der Rolle des Voyeurs zufrieden gegeben, nie einen Menschen, auch auf seinen Reisen nicht, auch an den Stränden wechselnder Meere nicht, mit dem Fernglas belauert. Affären und Liebschaften ebenso wie Jahre fester Freundschaften hat er, mit seinen mittlerweile achtunddreißig Jahren, die Hülle und Fülle hinter sich gehabt, nie war er um ein erstes Wort, um ein ermunterndes Kopfnicken verlegen gewesen, nie hat er sich um den ersten Schritt auf einen ihm sympathischen Menschen zu herumgedrückt, und selten ist ihm der Erfolg versagt geblieben. Diesmal aber kann er sich nicht ins Spiel bringen. Der Junge hat ihn noch in seinen Träumen verfolgt, die Niederlagen am Schreibtisch hat er schließlich ihm zur Last gelegt.

Der Morgen, an dem das Ungeheuerliche passiert ist, hat sich noch sonniger, noch strahlender präsentiert als die Frühstunden an den Tagen zuvor. Anfangs ist alles wie immer gewesen. Die Hoftür ist aufgeflogen, der Hund aus dem Haus auf die Wiese gestürmt, der Junge, um den es hier geht, hat sich auf die Zehen gehoben und den Ball nicht in Richtung der Linden, sondern weit in die Wiese hinein geschleudert, die das Tier, geduckt wie ein Panther – das schwarzbraune Fell, die unter dem Fell spielenden Muskeln und Sehnen – kläffend durchstürmt, den Ball aus dem Gras gewühlt und ihn tänzelnd, wie im Triumph, dem Jungen in die Hand gedrückt hat, der heute besonders weich dem Tier in die Arme, in die Pfotenarme, hat Grimbald denken müssen, gesunken ist, und er hat den Leib des Jungen, nicht den des Hundes, warm an dem seinen herunterfließen fühlen und ihn dem Tier gleichsam entrissen.

Doch das Liebesspiel hat diesmal nicht enden können.

Der Junge, dessen Namen er nicht einmal gewusst hat, hat am Hund geklebt und der Hund am Jungen, und Grimbald hat nicht anders gekonnt, als das glückliche Tier, so er zu sich selbst, zu hassen und auch dann noch mit seinem Hass zu verfolgen, als der Junge sich erneut gereckt und den

Ball gegen einen der Lindenbäume geschmettert hat, von dem er abgeprallt ist, dem springenden, in der Luft tänzelnden Tier direkt vors Maul, doch nicht ins Maul hinein, denn plötzlich – Grimbald hat noch immer die schrecklichsten Verwünschungen gegen das Tier ausgestoßen – plötzlich ist es wie ein Riss durch den Hundeleib gegangen und ein Schrei, ein so von Grimbald noch nie gehörter, hat ihn vom Stuhl gezerrt, und dann hat er das Tier zu Boden fallen und sich winden sehen, und wieder – obwohl er endlich, allerdings ohne Erfolg, seine Flüche gegen das Tier hat herunterschlucken wollen – ist ein Schrei, noch wüster, noch gellender als zuvor, in sein Ohr, und er hat das Fenster aufgestoßen und sich über den Schreibtisch aus dem Fenster über den, wie er hat denken müssen, funkenstiebenden Hund gebeugt, obwohl er von hoch oben und im Abstand von mindestens dreihundert Metern den wie unter elektrischen Schocks sich bäumenden Leib mehr geahnt als wirklich gesehen hat.

Der Hund hat geschrien. Er hat, alle Viere von sich gestreckt, platt auf dem Bauch gelegen und im stockenden Rhythmus der Schreie den Kopf in die Höhe gerissen und wieder fallen lassen. Dann, immerzu wie ein von Schmerzen gepeinigter Mensch wimmernd und gellend, ist er, den Leib hinter sich her schleifend, auf den Jungen zu gekrochen, der mit offenen Armen und weit aufgerissenem Mund in der Tür gestanden und geschlottert hat, ohne dem Hund zur Hilfe zu springen, ohne das liebe, von Grimbald verfluchte beziehungsweise von plötzlichen Hirn- oder Darm- oder Knochenqualen gefolterte Tier in die Arme zu nehmen.

Mittlerweile hat sich das Hofgeviert mit Menschen gefüllt.

Aus allen Fenstern hat es auf das Tier und den kindischen Schlotterer niedergeschrien und niedergefuchtelt. Grimbald an seinem Fenster hat die Schreie gehört und das Schlottern gesehen und den Hund beiseitegestoßen und den Jungen gepackt und ihn endlich, nach Wochen und Wochen, warm in seinen Armen gehalten.

Dann aber ist es passiert.

Ein Kerl aus einem der Nebenhäuser ist, die offene Hose über dem nackten Oberleib von verdrehten Hosenträgern gehalten, mit einem Gewehr, Jagdgewehr, über die Wiese gegen den Hund, hat die Waffe vors Gesicht gerissen und das schreiende Tier – obwohl Grimbald jetzt endlich *Nein* gedacht und gebrüllt hat – niedergeschossen, hat, mit einer maschinenmäßigen Detonation, den Hunde-, nein, Menschenschrei, denn auch der Junge hat angefangen zu schreien, hat die Schreie mit einem einzigen Schuss ausgelöscht wie von Grimbald zutiefst gewollt.

Da endlich ist er vom Fenster weg, die Treppe hinunter und durch die Hoftür auf die Wiese. Im Hofgeviert ist der Teufel los gewesen. Aus allen Türen sind Männer und Frauen und Kinder auf den Hundemörder zu und über den im Gras verblutenden Hund her, und Worte wie *Gnadenschuss*, *Tierschutzverein* und *Polizei* haben Grimbald, der sich, er hat selbst nicht gewusst warum, als Verursacher der Katastrophe gefühlt hat, zwar in Unruhe versetzt, doch nicht daran gehindert, sich durch die Menge hindurch immer näher an den Jungen heranzumachen, der noch immer, bleich und schwankend, in der Hoftür gestanden und sich selbst dann nicht gerührt hat, als man das Tier auf einem waschbrettartigen Behältnis an ihm vorbei ins Haus geschleift und ihn mit Streicheln und Flüstern dazu hat bewegen wollen, den Schauplatz des Unglücks erst einmal zu verlassen.

Zuletzt hat Grimbald seine Augen fest auf ihn eingestellt und, die Umstehenden beiseiteschiebend, schon den Fuß gehoben, um das letzte Hindernis zu überwinden, als der Junge die Augen aufgeschlagen und Grimbald ebenso wach, ebenso hemmungslos angestarrt hat, wie er von ihm angestarrt worden ist.

Jetzt ist Grimbald dicht an den Jungen heran und hat *Ja* gesagt, nichts als dieses eine Wort, und der Junge, indem er die Hand ausgestreckt und dem schon weggedrehten und sich entfernenden Mann hinterher ist, hat ihn bei der Schulter berührt und, mit Tränen in der Stimme, das von Grimbald gesagte Ja wie ein doppeltes Echo mit *JaJa* bestätigt. Da hat Grimbald die Jungenhand auf seiner Schulter mit der Rechten gepackt und stürmisch gedrückt. In seinem Rücken hat er gespürt, wie der Schluchzende ihm noch kurz nachgesetzt, dann aber stehen geblieben ist und sich in sein Schicksal gefügt hat.

Den Rest des Tages und die durchwachte Nacht hat Grimbald zu einer Denk- beziehungsweise Gedankenreise tief in sein Innerstes genutzt. Schon lange hat er sich mit der Frage beschäftigt, ob einer wie er, ein Schöpfer sozusagen, ein Mann der Worte und Bilder und halluzinierten Welten, ob er außer der Gabe, seine Leser mit seinen Phantasmagorien zu fesseln, darüber hinaus nicht auch in der Lage sein sollte, Menschen, denen er sich nah weiß, die er tiefer erforschen beziehungsweise sich gefügig machen will, allein mit seiner bloßen Existenz beziehungsweise seiner Persönlichkeit zu bannen. Seine Arbeit als Schriftsteller erfordert den direkten Zugriff auf ein – zugegeben imaginäres – Personal, über das er, während der Arbeit beispielsweise an einem Roman, wenn nicht nach Lust und Laune, so doch nach Gesetzen, die er sich selber gibt, verfügt. Muss er sich nicht, so Grimbald zu sich selbst, um in seinem Werk diese Art Herrscherrolle über Leben und Tod perfekt spielen zu können, schon in seinem privaten Bereich einüben auf dieses schwierige und riskante Geschäft?

Immer mal wieder hat er das geschafft. Mal in Kneipen, mal in nächtlichen Straßenbahnen ist ihm, wenn er es darauf angelegt hat, ein Junge oder junger Mann ins Netz, den er, nur mit Blicken, aus der Kneipe oder der Bahn hinter sich her hat ziehen können, um ihn dann auf der Straße einfach stehen zu lassen oder ihn in ein Gespräch, und mehr, zu verwickeln. Doch auch auf seinen Lesungen ist es ihm manchmal gelungen, Menschen, und nicht nur Männer, so für sich einzunehmen, dass er sich später ihrer kaum hat erwehren können. Um ihn hat sich, wenn er seine Kräfte darauf konzentriert hat, eine Schar von Bewunderern gesammelt, die er, wenn ihm danach gewesen wäre, zu allen möglichen, auch fragwürdigen, Handlungen hätte anstiften können.

Nach der Tragödie mit dem Hund ist die Hofwiese für Tage und Tage leer geblieben. Grimbald an seinem Schreibtisch hat weniger denn je arbeiten können und, in Wahrheit, auch nicht arbeiten wollen. Zuletzt hat er nicht einmal mehr die schwarze Kladde, in die er geschrieben, und schon gar nicht die diversen Notizen, die er sich zu seiner laufenden Arbeit gemacht hatte, aufgeschlagen beziehungsweise um sich ausgebreitet. Das schräg gegenüberliegende Haus, dessen Fenster er nach dem Jungen abgesucht hat, vor allem aber die Hoftür, in der er ihn wochenlang hatte auftauchen sehen, sind das Einzige gewesen, auf das er seine Aufmerksamkeit hat konzentrieren können. Je länger die Vormittage sich gedehnt haben, je öfter er statt des Jungen eine Oma oder Mutti aus der bewussten Tür hatte treten und Abfall entsorgen oder Wäsche hatte aufhängen sehen, umso manischer hat er die letzten Bilder und Szenen mit dem Jungen in seinem Kopf abrollen lassen, umso süchtiger hat er sich sowohl nach *ihm* als auch nach all *dem* gesehnt, was er mit ihm anstellen würde, wenn er denn endlich wieder auftauchen würde. Müde der Verwirrungen und Verwicklungen in seinem Kopf, hat er mehr denn je Lust gehabt, nicht mehr nur mit den Geschöpfen seiner Phantasie, sondern mit Menschen aus Fleisch und Blut in Kontakt zu kommen. Die Spiele am Schreibtisch sind ihm egal gewesen. Der bleiche, blonde *Junge* hat ihm den Kopf verdreht.

Dann, an einem Freitagmorgen, ist er wieder dagestanden. Grimbald hat ihn nicht kommen sehen, er hat den Blick vom Buch mit den anatomischen Zeichnungen, in dem er geblättert hatte, gehoben und die in das ihm bekannte seidigrote Gewand gehüllte Gestalt am Hoftürpfosten lehnen sehen. Auf der Stelle hat er hinunter und zu dem Jungen hinlaufen wollen. Doch genau das, hat er augenblicklich gewusst, ist nicht die Art und Weise, ihn auf sich neugierig, oder, besser noch, ihn sich gefügig zu machen.

Am nächsten Morgen, der Himmel ist, wie schon seit Tagen, blassblau und die Sonne, leichtverschleiert, ein saugendes Loch gewesen, am nächsten Morgen, früher als geplant, ist er mit einem Korbsessel hinab auf die Wiese und hat sich, mit einem Buch im Schoß, doch mit geschlossenen Augen, einer Nachbarschaft ausgeliefert, vor der er sich bislang eher bedeckt gehalten hatte. Doch Skrupel hat er diesmal keine gehabt. Als er, nach einer kleinen Viertelstunde, durch die Schlitze seiner Augenlider die bewusste Hoftür hat aufschwingen und den Jungen aus dem Flur auf die Wiese hat treten sehen, ist es ihm kalt über den Rücken gelaufen.

Natürlich hat er sich nicht gerührt. So sehr es ihn innerlich auch gedrängt hat, aus seinem Korbsessel aufzuspringen oder wenigstens einen Arm zu heben, so unnatürlich reglos ist er, mit scheinbar geschlossenen Augen, in seinem Sessel sitzen geblieben und hat den Jungen beobachtet, der, kaum dass er einen Fuß auf die Wiese gesetzt hatte, sich Grimbald genähert hat. Als dann sein Schatten Grimbald geschnitten und die Dunkelheit hinter seinen jetzt gänzlich geschlossenen Augen noch vertieft hat, hat er die Augen aufgeschlagen und sich augenblicklich in die des Jungen versenkt. Dann hat er seinen Blick losgehakt und ihn, am Jungen vorbei, über die Wiese in einem Rhythmus rennen lassen, als verfolge er die Sprünge und Kapriolen eines Tiers, eines Schäferhundes etwa, und tatsächlich hat der Junge den Kopf zwar nicht gedreht und die imaginäre Jagd nicht wirklich verfolgt, hat aber, festgebannt in den Augen des Mannes, das Hetzen und Jagen des schwarzbraunen Tiers in Grimbalds hetzenden und jagenden Pupillen gespiegelt gesehen und ist beiden, dem Hund und dem Mann, stumm hinterher. Da hat Grimbald die Augen wieder geschlossen und augenblicklich den Jungen ins Gras fallen hören. So sind sie, unter den Blicken einer Nachbarschaft, die er jahrelang nicht in seine Karten hat schauen lassen, zuletzt dicht aneinander gelehnt im Grün und Gelb dieses Junimorgens gesessen in einer Haltung, als gehörten sie für immer zusammen.

Am nächsten Tag hat Arno ihm die Geschichte vom Hund erzählt.

Wie vereinbart war er, wieder am frühen Vormittag, bei Grimbald erschienen, diesmal nicht beim Korbsessel auf der Wiese, sondern in seiner Wohnung, und kaum hatte Grimbald ihn mit diesem bestimmten Blick von oben bis unten gemessen, hat der Junge sich mit fliegenden Händen aus Hemd und Jeans gepellt und ist, von Grimbald nur mit Blicken gesteuert, im Zimmer hin und her, auf Stühle rauf und von Stühlen runter und hat ihm zuletzt, gespreizt und verdreht, jeden Wunsch erfüllt. Dann sind sie erschöpft und keuchend am Boden gelegen und haben sich gestreichelt und geküsst.

Der Hund, hat Arno schließlich zu erzählen begonnen, ist anfangs nicht seiner gewesen. Der Bruder seines Vaters, der Kerl mit dem Jagdgewehr, habe ihn für teuer Geld aus bester Zucht erstanden, doch kein Glück mit ihm gehabt. Das Tier hat geweint. Kaum habe sein Onkel Theo sich ihm genähert, sei Wolfi rückwärts und jammernd von ihm weg und in die hinterste Ecke geflüchtet. Auch gefressen habe er in Gegenwart des Onkels nie. Sobald allerdings er, Arno, die Wohnung betreten habe, sei das Tier, vor Freude quiekend, an ihm hoch und über ihn her, so dass der Onkel es ihm schließlich geschenkt habe, sehr zum Leidwesen seiner Mutter, die Hunde nicht ausstehen könne. Natürlich habe

Theo, ein passionierter Jäger, das Tier von nun an gehasst und es weggeprügelt und weggetreten, sobald es ihm über den Weg gelaufen sei. Immer habe er, beim morgendlichen Wiesenspektakel, am Schlafzimmerfenster hinter dem Store gestanden und den Hund mit seinem Hass verfolgt. So auch an jenem Schreckenstag. Der Onkel habe dem Tier die schreiende Pest, so Arno, an den Leib gewünscht, und tatsächlich sei Wolfi schreiend auf der Wiese zusammengebrochen und der Nachbarschaft mit seinem Geheul ins Ohr. Also habe der Onkel sich endlich rächen können und das wahnsinnige Vieh, so er später, vor aller Augen abgeknallt und dafür auch noch Lob geerntet. Seitdem hasse er, Arno, den Onkel wie nie zuvor.

Grimbald, später allein an seinem Schreibtisch, hat anfangs aufschreiben wollen, was ihm zu all dem durch den Kopf gegangen ist. Dann aber hat er den Füller weggelegt und ist nur so dagesessen. Ich, hat er denken müssen, nicht der Onkel. Tatsächlich bin ich nicht nur in meinen Geschichten, sondern auch im Umgang mit Menschen und Tieren Herr jeder Lage.

Von nun an ist Arno täglich, und von Tag zu Tag immer langer, bei ihm gesessen. Tatsächlich hat er Ferien gehabt, also alle Zeit der Welt. Grimbald, der plötzlich wieder hat arbeiten können, hat Mühe gehabt, sich den Jungen wenigstens für die Stunden seines Schreibens vom Leibe zu halten. Oft ist Arno in einem Sessel neben dem Schreibtisch gesessen und hat Grimbald beobachtet, und nicht selten sind Grimbald, mitten im Schreibfluss, Gedanken wie *Rühr dich! Pack dich an! Zeig mir, wie du bist!* durch den Kopf, und fast immer, synchron mit seinen Wünschen und Befehlen, hat der Junge sich ihm so gezeigt, wie er es ihm stumm, nur per Hirn, eingeflüstert hatte. Auf einer Wanderung an der Dhünn entlang, zu der sie eines Nachmittags aufgebrochen waren, hat Arno ihm die Geschichte von Roland erzählt.

Roland ist der Freund seiner Mutter gewesen. Kaum

hatte sie ihren Mann, Arnos Vater, der bei einem Verkehrs-unfall zu Tode gekommen war, beerdigt, hat sie sich mit diesem Roland, einem Bekannten aus ihrem Englischkurs, eingelassen und ihn bald auch über Nacht bei sich behalten. Das habe ihn, Arno, nicht weiter gestört, sei Roland doch ein umgänglicher Typ gewesen, der nicht nur die Mutter, auch den Sohn mit Aufmerksamkeiten überhäuft habe. Zum Beispiel habe er ihm ein Buch mit den spannend erzählten Inhaltsangaben aller Shakespeare-Dramen geschenkt, in dem er oft und gerne gelesen habe. Dieser Roland sei also nicht weiter erwähnenswert, wenn nicht das Folgende passiert und immer wieder passiert wäre. Eines Nachts nämlich sei er, Arno, aus unruhigem Schlaf erwacht und habe, im Licht des Mondes, das bleich durchs Fenster gefallen sei, Roland an seinem Bett sitzen und ihn anschauen sehen. Seine Bettdecke sei, wie er augenblicklich gewusst habe, zur Seite geschlagen gewesen, und da er von Kind an nackt schlafe, habe er also nackt und bloß vor dem Mann gelegen, sich seiner Blöße aber, die in heller Blüte gestanden sei, nicht geschämt, im Gegenteil. Von nun an habe er den nächtli-chen Besuchen Rolands geradezu entgegengefiebert. Nie habe der ihn berührt, nie ein Wort zu ihm gesprochen, und auch er, Arno, habe den Stummen und Schlafenden gespielt, ohne allerdings verhindern zu können, dass er, unter den Blicken dieses Mannes, immer wieder zum Orgasmus gekommen sei und den über ihn Gebeugten Nacht für Nacht eingeflockt habe. Am Ende habe der Mann seine Mutter, also auch ihn, scheinbar ohne jeden Grund verlas-sen und sei nun schon seit Monaten aus dem Spiel.

Grimbald hat diese Geschichte zu denken gegeben. Augenblicklich hat er begriffen, dass Arno offen und zu jedem Spiel bereit ist, und noch am gleichen Abend hat er ihn wie einen Hund vor sich kriechen lassen und in ihm einen begeisterten Partner gefunden.

Doch auch Grimbald hat dem Jungen jeden Wunsch von den Augen abgelesen, und als klar war, dass er sich nach einem neuen Hund sehnt, die Mutter aber keinen mehr dulden würde, ist er eines Nachmittags mit ihm zum nächsten Tierheim und hat ihm dort freie Hand gelassen. Wie nicht anders erwartet, hat Arno sich wieder für einen Schäferhund entschieden, und so sind sie mit dem jungen und lebhaften Tier, nachdem sie Futter, ein Halsband und, obwohl Arno heftig protestiert hat, eine Hundepeitsche gekauft hatten, zurück in Grimbalds Wohnung gefahren, wo der Hund denn auch vorläufig hat bleiben sollen.

Mittlerweile hat Grimbald sich ein Leben ohne den Jungen gar nicht mehr denken können. Alles, was er bislang verdrängt und unterdrückt hatte, hat er mit Arno plötzlich ausleben können. Auch am Schreibtisch sind ihm die schwierigsten Passagen locker aus dem Kopf aufs Papier, und nichts hat ihm, wie er allmählich begriffen hat, zu seinem Glück noch gefehlt als der äußerste Beweis seiner hypnotischen beziehungsweise bannenden Fähigkeiten auch auf geistiger, also gehirnlicher Ebene.

Eines Nachmittags, der Junge ist noch gänzlich unberührt, also total fickrig gewesen, hat Grimbald sich zu einem äußersten Experiment entschlossen, mit dem er sich gedanklich schon lange beschäftigt hatte. Natürlich ist der Junge ein schlichter Junge gewesen. Besonders die Musik, Grimbalds Musik, ist ihm eine Art Buch mit sieben Siegeln gewesen, und sogar für die schlichteren Stücke eines Haydn, Mozart oder Schubert hat er, zumindest auf Anhieb, keinerlei Interesse gezeigt.

Grimbald hat, fast schon von Kindheit an, Freude an Streichquartetten gehabt, besonders an denen von Beethoven. Ein Leben lang hat er sich mit diesen Werken beschäftigt und sich besonders für die späten Quartette des Meisters, den er ansonsten nicht übermäßig geschätzt hat, interessiert. Natürlich hat er sich auch mit den Entstehungsgeschichten beziehungsweise den Eigen- und Besonderheiten dieser großen Stücke befasst und schon immer für das letzte, das sechzehnte in F-dur op. 135, eine besondere Vorliebe gezeigt, kehrt es doch in seiner scheinbaren Schlichtheit den Schwindel machenden Höhenflügen seiner vier vorangegangenen Geschwister den Rücken und gibt dem Ohr wieder Gelegenheit, in Wohlklang zu schwelgen.

Wie nun jedermann weiß, beginnt das Allegro des letzten Satzes dieses Quartetts, nach der langsamen Einleitung des Grave ma non troppo tratto, mit einer Figur von nur drei Tönen, denen Beethoven die scherzhafte Frage: *Muss es sein?* unterlegt haben soll, um mit den drei Folgetönen die Antwort: *Es muss sein!* zu geben. Doch damit nicht genug. Der ganze Satz scheint von diesen zweimal drei Tönen derart dominiert, dass er, platt gesagt, nur aus diesen sechs in vielen Varianten wiederholten Noten zu bestehen scheint.

An diesem Nachmittag nun hat Grimbald den vor ihm stehenden Jungen zwischen seine Schenkel genommen und genau das *nicht* mit ihm angestellt, was er in einer solchen Situation bisher immer mit ihm angestellt hatte. Stattdessen hat er ihm die drei Töne des letzten Satzes von Beethovens letztem Quartett, dieses *Muss es sein?* , vorgesungen und ihn aufgefordert, sich eine Antwort von drei korrespondierenden Tönen auf diese dreitönige Frage auszudenken und sie ihm dann vorzusingen. Natürlich scheint diese Aufgabe, einem sechzehnjährigen Jungen gestellt, der nie in seinem Leben ein Streichquartett gehört hat, der reinste Wahnsinn. Arno sollte mit seinem Kindskopf dem Beethoven'schen Geniekopf gleichsam die Waage halten und sich die gleichen drei Tonschritte aussinnen, die sich sein großer Vorgänger im Frühling des Jahres 1826 ausgesonnen hatte. Obwohl nun Grimbald dem Jungen die drei Noten stumm, also stimmlos, also nur per Hirn vor- und gleichsam in den Kopf hineingesungen hat, hat Arno, nach endlosem Stöhnen und Stammeln, Drehen und Winden zuletzt tatsächlich, zu

Grimbalds nacktem Entsetzen, dieses *Es muss sein!* wenn nicht klangrein, so doch notengenau aus sich herausgewimmert, so dass Grimbald plötzlich gewusst hat, dass er Arno total in seiner Gewalt hat.

Doch nicht nur den Jungen, auch den wieder Wolfi gerufenen Schäferhund hat er zu gewagten Experimenten missbraucht. Vor allem ist es ihm gelungen, das Tier an sich selbst zu fesseln und es gegen den täglichen Besucher, also Arno, wenn nicht feindlich, so doch reserviert zu stimmen. Auf weiten Spaziergängen, die sie mit dem Hund unternommen haben, hat das Tier immer den Befehlen Grimbalds, selten denen des Jungen gehorcht, so dass Arno sich oft am Wegrand niedergekauert und die Macken und Launen des Viehs verflucht und Grimbald damit in klammheimliches Entzücken versetzt hat.

Doch auch auf weniger harmlose Weise hat er das Tier programmiert. Wie jeder Hund, ist auch Wolfi ein zügelloser Fresser gewesen, der, was immer man ihm an Genießbarem vor die Schnauze gehalten, in sich hineingeschlungen hat. Da nun hat Grimbalds Dressurakt angesetzt. Immer wieder hat er einen Fetzen Schinkenspeck, dick mit Knorpeln durchwachsen, auf den Fliesenboden der Küche gelegt und das Tier durch Drohen und mit Hieben auf die Schnauze daran gehindert, sich über den saftigen Brocken herzumachen. Schließlich hat er ihn gezwungen, sich flach auf den Bauch zu legen und, mit der Nase dicht an der duftenden Speise, nach dieser erst zu schnappen, wenn er die Hundepeitsche auf die Fliesen hat klatschen lassen. Erst der Peitschenknall hat den Hund von seiner Qual befreit. Wenn er aber, unbeherrscht, den Brocken schon *vor* dem erlösenden Signal in sich hineingewürgt hat, ist der Peitschenzipfel über sein Fell gezuckt und hat ihn zu einem wimmernden Häuflein Elend gemacht. Der Höhepunkt der Dressur ist erreicht gewesen, wenn Grimbald mit der Peitsche den Brocken berührt und der Hund beides, das Fleisch und den Lederzipfel, zwischen den Zähnen gehalten und doch nicht zugebissen hat. Oft erst nach qualvollen Viertelstunden hat er, vom Peitschenknall ermutigt, das Faser- und Knorpelgezerre zerknackt und in sich hineinwürgt.

Ganz anders ist Grimbalds Umgang mit Arno gewesen. Zwar hat er auch *ihn* zum Spielball seiner Launen gemacht, was aber nur hat sein können, weil auch der Junge an diesen Spielen und Spielchen anfangs Gefallen gefunden hat, später sogar derart von ihnen hingerissen gewesen ist, dass er nach immer neuen Sensationen verlangt hat und schließlich selbst zu einem immer phantasievolleren Erfinder immer ausgepichterer Liebesspektakel geworden ist.

Grimbald hat, plump und platt wie Hinz und Kunz, den Liebesakt nicht vollziehen können und wollen. Wie er am Schreibtisch seine Texte fein ziseliert oder in breiten Tableaus aufs Papier setzt, hat er auch am Spiel mit menschlichen Körpern erst Genüge gefunden, wenn er sie nach seinem Geschmack biegt und bricht. Dass er am Schreibtisch wie auch im Bett versagt, wenn er nicht künstelt und arrangiert und beides oft bis ins Lächerliche übertreibt, ist ihm schmerzlich bewusst gewesen, hat er aber nicht ändern können. Sein Verdacht, dass er im Menschlichen theatert, aber nicht liebt, also zu dem, was alle Welt mit Herz und Schmerz betreibt, nicht gemacht ist, hat ihn schon immer gequält und quält ihn auch jetzt.

Mit Arno aber ist vieles ganz anders gewesen. Tatsächlich hat er ihn, je länger sie miteinander gelebt haben, immer mehr gemocht und schließlich schmerzlich vermisst, wenn er an einem Tag mal nicht hat kommen können. Oft, mitten im Liebesspiel, wenn der Junge, festgeschnallt auf einem Stuhl oder, Hand an Fuß gefesselt, vor ihm auf dem Boden gelegen ist, hat er ihn plötzlich in die Arme genommen und geküsst und gestreichelt, so dass es schließlich weniger der gebeugte Nacken oder der verdrehte Arm, sondern der Junge in seiner unangetasteten Körperlichkeit gewesen ist, der ihn entflammt und zuletzt erlöst hat. Nachts, allein an seinem Schreibtisch oder über Kopfhörer einem Quartett der großen Sofia Gubaidulina lauschend, ist ihm der Junge bei manchem Wort, das er aufs Papier gesetzt hat, oder bei einer zu Herzen gehenden Phrase im Quartettleib wie eine schöne Erscheinung vor Augen gestanden, und er hat sich selbst in die Arme genommen und seinem Schicksal gedankt, dass er doch noch ein Mensch hat sein dürfen wie alle.

Anderntags der gnadenlose Blick auf ein Werk, das der Welt gnadenlos den Spiegel vorgehalten und an dem er jetzt Tag und Nacht gearbeitet hat, sein kalter Blick aber auch in die eigenen Augen, die dem nächtlichen Überschwang Hohn gesprochen und den Jungen schließlich wieder als ein Fleisch und Bein gesehen haben, über das er nach Willkür hat verfügen können, all dies ist ihm schließlich wieder quer im Kopf gestanden und hat ihn gereizt wie bisher.

An einem Sonntagnachmittag ist der Junge, gefesselt Arme an Beine, mit hintübergebogenem Kopf vor ihm gelegen und hat ihn, der rittlings auf einem Stuhl gesessen und ihn beobachtet hat, gläubig, wie er hat sehen können, angeschaut. Der Hund auf seiner Decke beim Schreibtisch hat auf ein Wort oder einen Wink seines Herrn gelauert. Die Dreierkonstellation Herr-Junge-Hund ist Grimbald wie ein magischer Zirkel im Kopf gestanden. Seine Augen sind wie von Blutschleiern verdunkelt gewesen.

Dann hat er getan, was er hat tun müssen.

Die Peitsche gegen seine nackte Seite schlagend, ist er zum Jungen hin und breitbeinig über ihn weg. Nah beim Kopf ist er stillgestanden und hat dem Hund geschnalzt. Als der, auf dem Bauch kriechend, mit der Schnauze an Arnos Kopf heran ist, hat Grimbald mit dem Peitschenzipfel die Gurgel des Jungen berührt und gleichzeitig mit dem nackten Fuß den Hund angestoßen. Augenblicklich ist der mit gesperrtem Rachen über Gurgel und Peitschenzipfel her, und seine Zähne sind um den Halsknorpel gestanden wie ein Perlenkollier. Mit triefenden Lefzen und gespitzten Ohren hat er dem Peitschenknall, also dem Signal zum Zubeißen, entgegengehechelt. Nichts als sein Keuchen hat die Luft des Zimmers bewegt, nur Grimbald hat ein Rauschen wie von Flügeln und den Wind, den sie machen, in seinem Kopf gespürt, und das ihm vertraute Allmachtgefühl über Leben und Tod, das er bisher nur am Schreibtisch hat ausleben können, hat das Perlenkollier an der Gurgel des Jungen in blutige Hauer verwandelt. Doch da ist Arnos Blick, blind und blöd von Vertrauen, Grimbald vom Auge ins Hirn, und er hat den Hundekopf beiseitegetreten und ist, die Arme über dem Kopf verschränkt, neben dem Jungen in die Hocke.

Später, beim Kaffeetrinken – Grimbald hatte eine ganze Havanna-Torte, Arnos Lieblingsgebäck, spendiert – ist der Junge mit dem Vorschlag rausgerückt, den Hund wieder abzuschaffen, und so sind sie mit ihm bei einbrechender Dunkelheit zum Tierheim zurück, haben ihn am Zaun festgebunden und sind, sein Winseln und Jammern im Ohr, auf und davon. In einer Gartenwirtschaft hat Arno, zum ersten Mal in seinem Leben, zu tief ins Glas geschaut und ist schließlich, vom Beaujolais berauscht und von Grimbald sorgsam geführt, in dessen Bett gelandet und dort, schnarchend und phantasierend, bis zum nächsten Morgen wie weggetaucht gewesen.

Grimbald hat den Brabbelnden und wild um sich Schlagenden die halbe Nacht belauscht und ihm immer wieder den Schweiß von der Stirn gewischt. Wohin mit ihm, hat er denken müssen: er frisst an meinem Herzen. Später, am Schreibtisch, hat er beide, seines und das des Jungen, wachsen hören, aufeinander zu. Da hat er sich, fröstelnd, zugeknöpft bis zum Hals.

MICHAEL SOLLORZ

DER AMERIKANER

Die Stadt war gut, alles lief glatt. Elf Leute hatten mit Fotos reagiert. Drei warf Bao gleich weg; sie posierten angezogen. Zwei mochte Paul nicht. Drei nannten kein Telefon. Blieben vier.

«Na ja», sagte Paul. Gespannt war er nur auf einen, den Amerikaner.

Die Wohnung erwies sich als ideal. Ein Dachausbau, ein weiter Raum mit gebeizten Balken, dazu ein fensterloser Verschlag für Spiele. Bad und Küche gingen am Eingang separat ab. Der Kühlschrank war voll, Dosenbier, Wodka, Sekt und jede Menge Zeug aus dänischen und italienischen Delikatessengeschäften. An der Klingel stand Tosch. Sie hatten ihn Mittwoch aufgetan, in einem Darkroom zwei Straßen weiter. Er erwies sich als Langweiler. Ein paar von seinen Videos waren ziemlich gut. Paul rief die vier Männer an und gab Toschs Adresse durch. «Freitag. Um acht, genau.»

Der Erste kam zehn vor. Es war der magere Türke. Auf dem Foto hatte er härter ausgesehen. «Zieh dich gleich aus», sagte Bao, in die Küche deutend, «und nimm dir ein Bier oder irgendwas.»

Sie waren schon nackt und schauten ihm zu.

«Und die Schuhe?», fragte der Türke.

«Wie du magst», sagte Paul.

Der Türke zog seine Grinders wieder an, und als er aufstand, wippte sein Schwanz vor ihm her, schwer und unbeschnitten. Bao beobachtete Pauls langen Blick.

«Menschenskinder!» Der Türke stapfte begeistert durch

den Wohnraum. Seine Hand strich über die Balken. «Schweinische Miete, was?»

«Bestimmt», sagte Paul. Der Türke fragte nicht weiter. Dann entdeckte er den Verschlag. In dem Moment klingelte es wieder. «Ich geh schon», sagte Paul und ließ Bao mit dem Türken allein.

Vor der Tür stand der Amerikaner.

Paul hatte ihn schon auf dem Foto erkannt und Bao von ihm erzählt, von seinen Büchern, arglosen Kopfgeburten, rührend in ihrem Jammer. «Hallo, Dennis», sagte er.

Der Amerikaner wirkte schüchtern. Er legte Paul einen Finger auf die Lippen und schüttelte bittend den Kopf.

«Okay.» Paul lächelte. «You are a writer. But your silence is welcome too.» Er hasste es, englisch zu sprechen, und schob den Amerikaner in die Küche, wo die Sachen des Türken über dem Stuhl hingen. Der Amerikaner zögerte. Vielleicht hatte er irgendwas genommen. Unvermittelt fiel er auf die Knie, umklammerte Pauls Schenkel. Eine Fliege trippelte über den Herd, ohne erkennbares Ziel, eilig hin und her. Es war Mitte Mai.

Nachdem der Amerikaner seinen faden, etwas gedunsenen Leib entblößt und einen Cockring umgeschnallt hatte, ließ er sich nach hinten führen. Bao kam aus dem Verschlag, zufrieden lächelnd. Durch die offene Tür war der Türke zu sehen. Er stand kerzengerade, die Handgelenke überm Kopf an einen Balken gefesselt. Es schien ihm zu gefallen. Die Miene des Amerikaners hellte sich auf; er schlüpfte in die Kammer und fiel wieder auf die Knie.

«Lass uns was trinken», sagte Paul.

Der dritte Gast kam erst zwanzig vor neun. Er entschuldigte sich nicht. Es war der kleinwüchsige Bodybuilder mit dem feigen Gesicht. «Wie steht's?» Er rieb sich die Hände und schnupperte, als käme er zum Essen. «Läuft die Party?»

«Ohne dich?», fragte Paul, widerwillig grinsend. «Wäre doch schade.»

Der Bodybuilder lachte gehemmt.

Bao wandte sich genervt ab und marschierte wieder nach hinten. Der Bodybuilder starrte auf seine kleinen, festen Arschbacken und spitzte die Lippen.

«Zum Sterben, was?» Pauls Mund ahmte den Bodybuilder nach.

«Dein Freund?», fragte der Bodybuilder.

Paul nickte, ein bisschen überrascht vom Gespür dieses Seelchens, und fragte: «Willst du ihn ficken?»

Der Bodybuilder wagte nur ein unbestimmtes Lächeln, fing an, sein Hemd aufzuknöpfen und sich auszuziehen, mit übertriebenen Gebärden. Womöglich trat er manchmal sogar auf mit seinem Körper? Seine Brust war sorgfältig rasiert. Er schwitzte.

«Willst du ihn ficken?», wiederholte Paul und streichelte sich am Schwanz. «Denk drüber nach!»

Der Bodybuilder fuhr sich über die feuchte Stirn. «Drängelst du? Ich meine, nicht, dass es mich stört. Es ist bloß – gibt es ein Limit? Ist die Party irgendwann aus? Muss ich mich einrichten? Nicht, dass plötzlich Schluss ist, verstehst du?»

Paul zuckte mit den Achseln. «Entspann dich!»

Sie gingen nach hinten. Paul setzte sich aufs Sofa und begann mit dem Drehen eines starken Joints.

«Wo sind denn die andern?» Der Bodybuilder schaute nervös umher. Paul fiel der vierte Gast ein, ob der noch auftauchen würde, und er nickte in Richtung des Verschlags. Der Bodybuilder spähte durch die halb offene Tür, ging aber nicht hinein. «Oh, Mann», sagte er, kam zum Sofa und setzte sich artig neben Paul, mit eingezogenem Bauch. «Dein Freund, also, versteh mal, ich will mich in nichts reinhängen. Aber ich bin einfach verrückt nach diesen süßen Dingern. Wie heißt er?»

«Bao», antwortete Paul.

«Wie dieser Plüschteddy?»

Der Bodybuilder rieb sich schon wieder die Hände. «Woher ist er?»

«Leg 'nen Porno rein», sagte Paul. «Links im Regal. Such dir was aus.» Der Bodybuilder, ein bisschen beleidigt, schaute auf die teure Anlage und feixte unschlüssig. «Ich kenn mich damit nicht aus. Wenn was kaputt geht...»

«Egal», sagte Paul.

Der Bodybuilder wühlte im Regal. Es waren alles Kaufkassetten, bunte Cover. «Hier steht ja ein Vermögen.»

«Mindestens.» Paul brannte den Joint an, hielt ihn fragend hoch.

«Gleich.» Der Bodybuilder schob eine Kassette ein und bekam auf Anhieb ein Bild. «Geil!»

«Total», bestätigte Paul matt. Es war «Chaleurs», ungefähr in der Mitte. «Hier.» Er reichte dem Bodybuilder den Joint. «Ich hol Bao. Warte.»

Der Bodybuilder fläzte sich aufs Sofa.

Im Verschlag brannte nur eine Kohledraht-Funzel, die von der Decke hing. Bao fickte den Amerikaner, der vorgebeugt dastand, die Hände über den Knien, den Schwanz des Türken im Mund. «Komm mal», flüsterte Paul, von hinten an Bao geschmiegt, in seinen vertrauten Geruch.

«Die Nervensäge?», flüsterte Bao zurück.

«Hm.» Paul zog Bao den Gummi ab. Sie gaben sich einen flüchtigen Kuss. Der Amerikaner trieb sich drei Finger ins Loch, seine andere Hand hielt dem Türken eine Poppersflasche hoch.

Sie gingen rüber. Der Bodybuilder starrte auf den Bildschirm. Ein dünner, blonder Junge wurde gefickt, vorne und hinten, von zwei Algeriern oder Marokkanern. «Geil!», rief der Bodybuilder und streckte die Hand nach Bao aus. Offenbar wirkte der Joint schon. Bao tat schüchtern und verbarg seinen Schwanz. Der Bodybuilder klopfte neben sich aufs Sofa. Paul beugte sich von hinten über die Lehne, nahm den Joint und fauchte: «Auf geht's!»

«Na?», rief der Bodybuilder.

«Selber na», erwiderte Bao fröhlich und schwang sich breitbeinig auf den Schoß des überraschten Bodybuilders, Wange an Wange. «So dicke Muskeln!» Er kicherte.

Der Bodybuilder stieß von unten gegen Baos Backen.

Paul schaute zu und summte leise «Hoppe-Hoppe-Reiter».

«'n Gummi?», keuchte der Bodybuilder.

«Brauchen wir nicht», sagte Bao, umklammerte plötzlich mit den Beinen den Sitzenden, stieß seinen Kopf über die Lehne und brach ihm das Genick. Paul verzog bei dem Geräusch das Gesicht und zerbröselte auf dem Glastisch neben der Fernsehzeitung den verbliebenen Zentimeter des Joints. Bao stieg ab, lehnte flach atmend seine Stirn gegen Pauls Schulter, ließ sich in den Arm nehmen. «Was war denn?», fragte Paul leise. «Du hattest es so eilig.»

Ihre Körper trennten sich. Bao grinste verschwommen. «Ich weiß nicht. Ich bin müde.»

«Ich auch», sagte Paul. «Aber ich will noch kommen. Bist du schon?»

Bao schüttelte den Kopf. Er sah wirklich müde aus, unter den Augen kleine, dunkle Halbmonde, wie gezeichnet.

«Schauen wir nach dem Ami?», fragte Paul.

Bao winkte ab. «Sein Arsch ist wie ein Schlammloch.» Paul dachte daran, wie Bao als Junge seinen Schwanz in die Erde gestoßen hatte, und sehnte sich einen schmerzhaften Moment nach diesem unbekannten Jungen. «Geh schon», sagte Bao. «Ich sitz noch hier. Aber pass auf, ja?»

Der Amerikaner hatte seinen Hintern über den Schwanz des Türken gestülpt und knetete und zerrte an sich herum, ein Taschentuch vors Gesicht gepresst. Im Verschlag hing ein beißender Nebel. Der Amerikaner züngelte nach Paul, rutschte dabei vom Türken, stöhnte auf. Paul schlug ihm von unten die Faust ins Gesicht. Er polterte dumpf zu Boden, umklammerte wimmernd sein Tuch. Die Augen des

Türken wurden groß. Paul trat dem Amerikaner in den Magen, damit er das Tuch losließ, und hielt es dem Türken unter die Nase, der seinen Kopf zur Seite riss. «Mach mich los!» Er bat noch ein paar Mal darum; dann verstummte er und blickte entsetzt an sich runter. Sein Schwanz war hart wie ein Schaufelstiel. Paul drückte ihn gegen sein Loch. Der Amerikaner rührte sich nicht, zusammengekrümmt, vielleicht schlief er. Säugling, dachte Paul, Höckergrab.

Er kippte den Rest aus dem Fläschchen ins Taschentuch, musste sich auf jede Bewegung genau konzentrieren, seine Hände, seine Arme hatten kein Gewicht mehr. Paul hörte noch, wie das Video lauter gestellt wurde, dann öffnete er sich dem Türken, der zu stöhnen anfing, widerwillig und gepresst, als wollte er nicht wahrhaben, was geschah.

Paul trieb vom Ufer weg, Teil flutender Bilder, Fetzen, Farben, Aromen. Keller, Kleiderkammern. Lippen. Ketten. Klippen, Gischt, immer wieder Wasser, Wolkenbrüche, Landjungen im Sommerregen, Baos lachender Mund. Videoclips. Banden, wortlose Riten. Zeit, im Sturzflug, dann wieder honigzäh. Er versuchte, einen Entwurf festzuhalten, lange genug, um zum Ende zu kommen, doch sie verschlangen einander in rasender Folge, schossen von allen Seiten durch seine leeren Augenhöhlen.

Irgendwann stöhnte der Türke laut, rüttelte, schrie –

«He!» Bao stürzte herein, stieß Paul weg, mit verzerrtem Mund und irgendwelchem Dreck überall auf der Haut, ein dünnes Zwilling-Messer in der Hand. «So passt du auf?» Paul hatte das Messer gestern schon in der Küche gesehen. Es schien sehr scharf zu sein; Bao ließ den Schwanz des Türken auf die Dielen fallen und sprang vor dem Blutschwall beiseite. «So passt du auf, ja?» Seine Augen funkelten kalt, er war ernsthaft böse. Paul nahm behutsam das Messer.

Der Türke hing schlaff in seinen Fesseln. Paul suchte das Herz und erinnerte sich an die Hände seines Kinderarztes.

Das Herz war ein kleines Tier, das sich aufbäumte unter seinen empfindlichen Fingerspitzen; er drückte das Messer hinein.

Nebenan hatte Bao eine riesige Schweinerei veranstaltet. «Musste das sein?» Paul wurde übel. Die Bauchdecke des Bodybuilders klaffte, weißlich schimmernde Fasern hingen wie abtropfende Girlanden bis über den Tisch, wo sie breit und breiig wurden. Es stank.

Paul lief in die Küche. Riss das Fenster auf. Öffnete eine eisige Dose Beck's, suchte das passende Glas, wählte einen zarten, getönten Cognacschwenker, goss ihn voll. Setzte sich damit auf den stumpf gefliesten Boden, trank. Als Bao kam, sah Paul, dass sich die Wogen geglättet hatten.

«Entschuldige», sagte Bao.

«Hast ja Recht», sagte Paul und hielt Bao das Glas hin. Es klebte, als Bao es zurückgab. Er setzte sich neben Paul. «Bist du gekommen?»

«Noch nicht», sagte Paul. «Du?»

Bao schüttelte den Kopf. Sie tranken abwechselnd. Schwiegen. Hörten Fliegen summen, zu träge, das Fenster zu schließen, durch das immer mehr Fliegen hereinzukommen schienen, Hunderte, Millionen. Dösten. Reisten, wie träge gewiegt in Sänften, durch menschenleere, morgendliche Straßen, jeder für sich.

«Wie spät?» fragte Bao.

«Weiß nicht. Halb zwei? Zwei?»

«Schon?»

«Weiß nicht.»

«Duschen wir?»

Sie duschten. Paul wusch Baos Kopf. Guhl, Pfirsich. Sie schäumten sich gegenseitig ein. Ihre Gesichter schienen fortzuschwimmen in der Wärme. Allmählich gewannen Pauls Gliedmaßen die gewohnte Schwerkraft zurück. Sie umarmten sich und standen lange unter dem prasselnden, heißen Wasser, mit geschlossenen Augen. Im Winter hatte

Bao gesagt, er wisse jetzt, es wären diese Umarmungen hinterher, ihretwegen geschähe alles.

Sie holten ihre Kleider aus dem Trockner und zogen sich an. Paul biss krachend in einen Apfel. Der Kühlschrank surrte. Nachdem sie die Taschen der Gäste geleert hatten, Ausweise, Geld, Kreditkarten, waren sie fertig zum Gehen.

«Und der Amerikaner?», fragte Bao.

«Ach, komm», sagte Paul.

Es zog sie beide nicht mehr in den Verschlag, aber Bao meinte: «Ein bisschen riskant.» Er lief noch mal nach hinten. Paul nahm eine kleine, dunkelgrüne Figur aus dem Wandregal, vermutlich Jade; sie stellte einen Wasserbüffel dar. Er steckte das Tier in seine Jacke, setzte sich an den Küchentisch, wartete.

Bao war rasch zurück und wusch sich die Hände.

«Und?», fragte Paul.

«Nur seine Augen», antwortete Bao, und Paul dachte, jetzt wird der Amerikaner noch einsamer sein.

Es war zwanzig vor fünf. Sie schlossen die Wohnung ab und winkten an der Ecke ein Taxi heran. Ein Betrunkener schlurfte aus der Bar, wo Tosch sie angesprochen hatte.

Am Bahnhof warf Bao den Wohnungsschlüssel in einen Abfallkorb. Um halb sechs fuhr ihr Zug. Sie hatten Platzkarten, am Fenster, einander gegenüber. Auf dem Bahnsteig stand ein frierendes Mädchen, nach ein paar Minuten verschwand es auf der Rolltreppe.

Sie fuhren, träge zurückgelehnt, und hätten die Platzkarten nicht gebraucht. «Ich freu mich auf dich», sagte Paul nach ein paar Kilometern verwischten Graugrüns vor dem Fenster. «Wir nehmen nachher gleich ein Zimmer.»

«Ich liebe dich», murmelte Bao mit geschlossenen Augen. «Das weißt du doch, oder?»

Sie sackten zusammen und schliefen, Knie an Knie. Zwei Stunden bis in die nächste Stadt.

KLAUS MATTES

SCHWER WIE BETON

Sein Körper fühlte sich schwer an. Der Hintern musste mit dem Bett schon halb verbacken sein. Eine viel zu warme Steppdecke hielt ihn gefangen. Das Ticken einer Uhr. Durchs Zimmer brummte eine Fliege. Er wollte schlafen. Thomas öffnete die Augen und sah die Zimmerdecke, gelb vom Rauch. Neben ihm ging der Atem des Mannes tief und schwer. Thomas stützte sich auf die linke Hand und blinzelte zum Fenster. Seine Lider klebten. Er sah die Dächer von der Straßenseite gegenüber. Tauben hockten da. Der Himmel sah aus wie Beton. Er fühlte Kühle zwischen den Erhebungen seiner Brust. Mit drei Fingern der rechten Hand streichelte er die glatte Haut, feucht von Schweiß. Sein Blick erfasste die leeren Sektgläser auf dem Tisch, die Armbanduhr, auf dem Teppichboden ein Gewühle aus Jeans, Socken und T-Shirt. 13:43 leuchtete es grün vom Digitalwecker. Thomas ließ sich zurückfallen. Sein Hintern klebte noch immer am Bettbezug. Seine Erektion fühlte sich angenehm an. Vielleicht hatte er einen geilen Traum gehabt. Er konnte sich nicht erinnern. Liebevoll berührte er seinen Schwanz und schaute zur Decke. Zigarettenmief. Der Schwanz sollte nicht schlaff werden.

Er schaute sich den schlafenden Mann an. Seine Lider waren leicht geöffnet, drumherum war der Filz von Barthaaren. Thomas näherte seine Lippen dem Mund des Mannes. Der Atem roch nach kaltem Rauch und verschimmelter Spucke.

Es war nicht so, wie es hätte sein sollen. Er wollte in den Armen des Mannes aufwachen. Er wollte als erstes den steifen Schwanz des Mannes an seinem Arsch fühlen. Er wollte eine schützende Umarmung. Die Barthaare sollten in seinem Nacken pieksen, die harte Hand wollte er unten am Bauch fühlen. Aber der Mann hatte sich von ihm fort gedreht, als er noch nicht geschlafen hatte. Thomas dachte an das schmale Messer, das auf dem Tisch liegen musste. Er würde jetzt die Bettdecke zurückschlagen, sein langer, milchweißer Körper würde sich über der schlafenden Figur ins Licht erheben. Er würde das Messer fest fassen und es dem Mann in die Gurgel stoßen. Es würde gluckern und das Blut würde das ganze Bett einsauen. Der Mann würde mit letzter Panik verzweifelt seine Kehle umklammern. Neues, hellrotes Blut würde zwischen den Fingern rauskommen. Dann würde Thomas unten am Brustbein einstechen und das Messer durchziehen bis zu den braunroten Schamhaaren des Mannes. Es würde zischen und aus dem Bauch des Mannes würden eklige Meerestiere auftauchen. Thomas, der Schlachter, nicht mehr der Industriekaufmann. Er grinste sein fiesestes Grinsen. Dann ließ er eine Portion Luft durch die Lippen plappen.

Er war zu erledigt, um aufzustehen und das Messer zu holen. Die Morgenlatte war auch weg. Er drückte seine Augen zu und versuchte, so schwer zu werden, dass ihn die Matratze in sich aufnahm. Er wollte diesen Tag nicht, Sonntag. Und den nächsten, Montag, wollte er auch nicht. Alles ging immer nur weiter, blöd wie die Kelly Family. Man müsste einen Moment der absoluten Leidenschaft erleben. Das höchste Glück, man wird nie wieder so schön und so geil sein. Das wissen und dann sterben, als würde man ein Licht ausknipsen.

Thomas Breitner, 19-jähriger Industriekaufmann und Schwuler, tot aufgefunden im Bett eines alternden Theater-schauspielers. Der junge Mann hatte immer noch ein seliges, wissendes Lächeln um die rosigen Lippen. Vom Mundwin-kel zum schneeweißen Hals führte ein roter Blutfaden. In überirdischer Makellosigkeit schimmerte der unbehaarte, jungenhafte Körper des Verblichenen. Der Penis der jungen Leiche war leicht aufgerichtet, ein Organ von überraschend männlichen Ausmaßen. Der bekannte Schauspieler Ernst R., letzter Liebhaber des Verstorbenen, hielt immer noch dieses Geschlechtsorgan mit einer Hand umfasst, während er mit der anderen das dichte blonde Haar des engelhaften Jünglings wieder und immer wieder streichelte. Sabber und Tränen tropften vom Gesicht des Verzweifelten auf den Körper des Toten. «Er war der schönste Junge, den ich je gesehen habe», beteuerte er.

Thomas überlegte, ob er den Mann wecken sollte, um ihm seine Vision zu erzählen, aber er hatte jetzt keinen Nerv, diesen warmen, weichen Körper zu berühren. Vielleicht konnte er doch noch einschlafen. In seinen Gedärmen rumpelte es. Möglicherweise bekam er langsam Hunger.

Sein Sarg senkte sich langsam in die Grube, um die alle schönen Jungs von gestern Abend standen und ihm schweigend nachsahen. Der Sarg war aus Glas wie bei Schneewittchen oder aus Plexiglas wie der Flügel von Udo Jürgens. Thomas ruhte, dezent geschminkt, auf tiefblauem Samt, die Rosen um seinen Kopf glühten wie ein Heiligenschein. Alle Jungs vergingen vor Lust, seine kleinen Brustwarzen zu küssen oder seine Achseln zu lecken. Als erstes würde es die philppinische Tunte nicht mehr aushalten, den Hosenschlitz aufmachen und zu wichsen anfangen. Auch die anderen würden sich jetzt vorstellen, wie toll es wäre, mit der Hand die Innenseite seiner Schenkel hochzugleiten. Alle würden sie ihre Schwänze rausholen und mit Tränen in den Augen wichsen wie die Weltmeister. Es würde wieder und wieder weiß auf den Sarg klatschen, bis man von Thomas kaum noch was sehen würde, noch ein Stück von der Nase vielleicht und die zarte Haut über seinen geschlossenen Augen. Dann würde ein Alter gnadenlos mit der Schaufel zu arbeiten beginnen. Und schwere Erde würde ihn einschließen.

Thomas hatte jetzt wieder einen Steifen. Er stemmte sich hoch und tastete nach dem Schwanz des Mannes. Lächerlich klein wie ein Kinderpimmelchen lag der auf den Bulleneiern des Schläfers. Thomas schob die Decke nach unten und beugte sich über die Mitte des Mannes. Die Vorhaut war verklebt und schmeckte nach Gummi und verpisster Unterhose. Thomas grüßte sie mit der Spitze seiner Zunge, speichelte den Schwanz des Mannes ein und ließ ihn durch den Mund wandern.

Der Schwanz wuchs, aber der Atem des Mannes blieb unverändert. Thomas wäre es jetzt ganz recht gewesen, wenn der Mann im Schlaf kommen würde. Oder er konnte sich vorstellen, dass der Mann angezogen am Frühstückstisch saß und zuschaute, wie der nette Thomas-Junge diesem Durchschnittstypen hier mit dem grauen Gewölle auf der Brust und den Säbelbeinen nach allen Regeln der Kunst einen Abgang verschaffen würde.

Der Schwanz des Mannes stand wie eine Eins, aber als Thomas nach seinem Gesicht linste, hatte er die Augen immer noch zu. Obwohl er jetzt bestimmt wach war, denn er mümmelte mit dem Mund und zuckte mit der Nase, als müsse er gleich niesen. Allmählich hätte er mal stöhnen sollen. Fand der das langweilig oder war es so, dass man in diesem Alter nur noch einmal pro 24 Stunden kommen konnte? Thomas fragte sich, ob er den Mann liebte. Nein, er hatte ihn nicht mal gern. Er würde das hier nie wieder tun. Man konnte sich vorstellen, dass der Mann eine Berühmtheit war und steinreich. Dann hätte er sich Thomas als Betthäschen genommen und würde sagen: «Du gibst mir die Jugend zurück, und ich gebe dir dafür mein Geld.» Thomas würde artig lächeln und an all die Jungs denken, mit denen er den Mann die ganze Zeit betrog. Er musste jetzt fast lachen. Das war aber nicht gut, denn es schadete der Geilheit. Thomas ließ den Schwanz des Mannes los und versuchte, die Beine des Mannes auseinander und hoch zu schieben. Er leckte sich in Richtung Arschloch weiter. Das schien den Anderen zu reizen, denn endlich bewegte er sich und rückte die Spalte mehr in Thomas' Reichweite.

Es war zum Ersticken, das Bettzeug, das feuchte Fleisch des Mannes, die warme Luft überall. Thomas versuchte einzutauchen, aber das ging in dieser Stellung schlecht. Außerdem war der Mann nicht sauber. Thomas konnte den Schmutz des Mannes fühlen. Er roch nichts, aber da war ein süßlicher Geschmack auf seiner Zunge. Er wußte nicht, was er tun wollte, was passieren sollte. Kommen würde der Mann doch so auch nicht. Schade, dass Thomas nicht gestorben war. Dann müsste er sich keine Gedanken machen, wie es weitergehen sollte.

Dann fühlte er die beringte Hand auf seinem Hinterkopf, die ihn hochzog und seitwärts schob. Die Hände auf die Bettseite gestützt, kauerte er jetzt quer über dem Bauch des Mannes. Mühsam erhob sich der Mann. Er sagte kein Wort, als er ihn bei den Schultern fasste und gemächlich drehte, bis Thomas über das Bettende auf den Fernseher sehen konnte, von wo ihm ein vergnügtes Plüschäffchen einen guten Tag wünschte.

Der Mann fing an, seinen Ständer zwischen Thomas' Arschbacken zu reiben. Thomas brauchte nichts mehr zu tun. Der Mann spuckte, dann drückte er gegen Thomas' Schließmuskel. Es wäre besser gewesen, Gleitmittel zu nehmen. Es war auch verrückt, sich von einem Fremden ohne Gummi ficken zu lassen. Außerdem presste der Mann viel zu ungeduldig. Es war lästig und schmerzte leicht. Thomas half nach, so gut er eben konnte. Das Plüschäffchen lachte ihn wie einen alten Bekannten an.

Der Mann war drin und steigerte sein Tempo. Sein Gewicht drückte auf Thomas, der sich auf die Matratze gleiten ließ, wo ihn der Mann zudeckte. Es dauerte und dauerte. Der Mann kam nicht. Er kniff Thomas an den Schultern und biss zaghaft in den Hals. Thomas rutschte ein wenig auf der Matratze hin und her und versuchte sich einzureden, sie sei der Rücken der philippinischen Tucke. Inzwischen klapperte und schnaubte der Mann auf ihm wie eine Lokomotive. Thomas wusste, er selbst würde so nicht kommen, er fühlte sich wie eine Melone, die gefickt wurde. Der Mann jaulte auf einmal und grunzte dann genussvoll.

Das Gefühl, wie das immer noch stramme Rohr des Mannes aus seinem Hintern gezogen wurde, gefiel Thomas. Der Mann patschte eine rote Hand auf Thomas Hintern und sagte: «Guten Morgen, Kleiner. Ich mach uns jetzt mal Frühstück. Du kannst dich solange duschen gehen.»

Das Bett ächzte, als der Mann nach seinen Pantoffeln suchte. Thomas setzte sich auf und sah von der Seite den Mann, von dessen Rücken der Schweiß lief, lächelnd an. Der Mann hatte die Pantoffeln gefunden und strich mit dem Zeigefinger über Thomas' Gesicht. «Bist ein lieber Kerl», sagte er und zwinkerte verschwörerisch. Der Himmel draußen war immer noch schwer wie Beton.

PETER TSCHICHE

LIED DER LIEBE

Dolciano nahm das Mundstück vom Fagott und steckte es
auf die Schabezunge, kratzte mit einem Messerchen über
das Schilfrohr und schmirgelte schließlich die feinen Enden
der Lamellen glatt.

Jochen hatte bei diesem Anblick das Gefühl, dass etwas
in seine Harnröhre kriechen würde. Das war nicht ganz
unangenehm. Er versuchte, so unauffällig wie möglich in
seine Hose zu greifen, zog den Bauch ein und schob die
Hand unter den Hosenbund. Doch sie kam nicht weit. Die
Erektion musste sich eingestellt haben, während er Dolciano
beobachtete. Jeden seiner Schritte hatte Jochen aufmerksam
verfolgt, aber keine Vorstellung davon gewinnen können,
was Dolciano da eigentlich tat. Plexiglasplättchen, Feile,
abgebrochenes Messer – Jochen war kein Musiker. Er war
der einzige Laie im Quartett. Und von Instrumentenbau
verstand er erst recht nichts. War mit dem Mundstück etwas
nicht in Ordnung gewesen? Aufgefallen war Jochen bislang
nichts. Hatte es Dolciano weh getan? Ein feiner Holzspan
etwa, der in seine Zunge pikste? Oder in seine Lippen?
Jochen sah Dolciano voller Mitgefühl an, nahm die nun
etwas verklebte Hand aus der Hose. Jochen konnte von den
Gesichtszügen des Objektes seiner Begierde nichts Beunru-
higtes ablesen, weder Ärger über ein unbrauchbares Mundstück noch Schmerz. Dolciano war konzentriert bei der
Sache. Während er mit diesen kleinen Teilen herumhantier-
te, lugte seine Zunge zwischen den Lippen hervor und
bewegte sich wie die Schwanzspitze einer lauernden Katze.
Von diesen Lippen, die immer etwas entzündet wirkten,

tropfte kein Blut. Wenn Jochen mit seinen Blicken an Dolcianos Lippen hing, stellte er sich vor, sie gesund zu küssen. In seiner Hose begann es sich wieder zu regen.

Dolciano und Jochen hatten Pause, weil Frank, der Pianist, und Lisabellissa, die Geigerin, das Lied probten, das nächsten Samstag am Schluss ihres Programms stehen sollte. Eines von diesen kitschig angelegten Stücken, dem Jochen dann in die Quere kommen würde. Denn Jochen würde dazu singen, obwohl er es nie gelernt hatte, und er würde einen Text dazu schreiben, der garantiert einen Haken hatte. Noch existierte nämlich für das neue Lied kein Wort. Doch wenn Jochen sich zwang, auf die Melodie zu hören, entstand der Anflug einer Idee in seinem Kopf, dann würde das Lied *Dolciano vita* heißen, ein Liebeslied. Wieso, fragte er sich, sollte eigentlich auch dieses Liebeslied einen Haken haben?

Dolciano räumte das Werkzeug zurück in den Instrumentenkoffer, nahm das Mundstück zwischen die Lippen und blies hinein. Es entstand ein schriller, quäkender Ton. Die Reparaturarbeit schien gelungen zu sein. Mit zufriedener Mine steckte Dolciano das Mundstück zurück an die Metallröhre vom Fagott.

Frank und Lisabellissa aber hörten augenblicklich auf zu spielen und blickten starr vor sich hin. Das reichte, um Dolciano deutlich zu machen, wie unmöglich sie diese Störung fanden.

«Hey, so ein Quietschen könnte man doch einbauen, völlig überraschend, an einer ganz schmalzigen Stelle!»

Mit diesem Einwurf hatte sich nun auch Jochen unbeliebt gemacht. Frank und Lisabellissa konnten ungemein stoisch blicken. Selbst Dolciano sah ihn befremdet an, dabei hatte Jochen gerade ihn in Schutz nehmen wollen.

«Takt 24, Lisa. Die Quintparallele bitte *ritenuto, ma non troppo.*» Und an die Adresse von Dolciano sagte Frank: «Du kennst ja deinen Einsatz, nach dem *Ritardando, con calore.*»

Das Lied würde sehr schön werden, Frank hatte ein untrügliches Gespür für Melodie und Satz. Beim ersten Hören wirkten die Stücke einfach nur nett. Aber sie hinterließen etwas, Jochen konnte kaum beschreiben, was das war. Als ob sich ein fremder Ton unter die anderen mischt und noch in den Gehörgängen herumirrt, wenn das Lied schon verklungen ist. Bestimmt hatten die anderen einen musikalischen Begriff für sein diffuses Gefühl und konnten es auf irgendwelche harmonischen Aspekte zurückführen. Jochen wollte es aber gar nicht wissen, ihm lag nichts an Erklärungen. Er war der Laie. Die Musik löste in ihm Stimmungen aus, die er dann in Texten unterbrachte. Und diese Texte hatten es in sich, von daher brauchte er sich nicht hinter den Profis zu verstecken. Was seinen Beitrag für ihre Lieder betraf, vertraute er ganz seinem Gefühl. Dolciano gegenüber fiel ihm das nicht so leicht.

Frank hatte den Fagottisten vor einem Monat zu *Pubertory*, ihrer Combo, geholt. *Pubertory* bestand in erster Linie aus den Bühnenfiguren Friede von Hempell und Peter Primzahl alias Frank und Jochen. Je nach künstlerischer Schaffensphase erweiterte Frank die Besetzung, meist mit Leuten vom Konservatorium, wo er Kontrapunkt und Harmonielehre unterrichtete. Dolciano mochte ihm als erstklassiger Musiker aufgefallen sein, doch Jochen ging davon aus, dass seine dunklen Mandelaugen für Frank sicher eine ebenso große Rolle gespielt hatten, erstmals Musik für Fagott zu schreiben. Diese Augen waren unwiderstehlich. Südeuropa und der Orient verschmolzen in diesen Mandelaugen. Und dazu noch diese Lippen, die in einem das Bedürfnis auslösten, sich ihnen mit einer Salbe zu nähern. Jochen spürte schon wieder, wie sich der Gummizug seiner Unterhose spannte.

Wie die Mutter den Schnuller anfeuchtet, um ihn dem Baby schmackhaft zu machen, so leckte Dolciano nun sein Mundstück an. Die Noten ließ er dabei nicht aus den Augen. Frank nickte kaum merklich, schon setzte Dolciano ein, und zwar mit so viel Wärme, dass Jochen eine Gänsehaut bekam. Mein Gott, dachte er, diese Musik ist ja die schönste, die Frank je geschrieben hat. Zum ersten Mal hatte Jochen Schiss, ein Lied zu versauen.

«Na ja», sagte Frank am Schluss.

So ein Griesgram. Da gab's doch nichts zu meckern, fand Jochen. Wie konnte Frank dazu einfach nur «na ja» sagen?! Jochen fand Franks Art herablassend. Aber anstatt ihm die Augen auszukratzen, nahmen Dolciano und Lisabellissa ihre Bleistifte zur Hand, fachsimpelten angeregt mit dem Kapellmeister und schrieben sich Notizen in die Noten. In diesen Augenblicken fühlte sich Jochen sehr einsam in der Combo, und er fragte sich, ob er mit einem wie Dolciano überhaupt würde reden können.

«Okay, *da capo, con voce.* Jochen?!» Frank drehte sich auf seinem Drehstuhl ans Klavier und begann mit dem Fuß den Takt vorzugeben.

«Ich habe noch gar keinen Text.»

Die Töne, die Frank auf dem tiefen Register anschlug, gehörten nicht zu dem neuen Lied. So etwas nannte man wohl einen Cluster.

«Noch keinen Text», wiederholte Frank ausdruckslos.

«Ich wollte – ich musste die Musik erst mal hören. Ich meine, so mit allen zusammen.»

Frank kommentierte Jochens Saumseligkeit mit einer Kostprobe seiner komplexen Auffassung des Kontrapunkts: Er ließ den Klavierdeckel fallen, flüsterte beim Hinausgehen: «Zieht die Tür einfach ins Schloss, wenn ihr geht», knallte einen Moment später die Korridortür zu, ließ dabei die Kleiderbügel an der Garderobe wie Castagnetten aneinander klackern und polterte das Treppenhaus hinunter. Dazu das langsam verstummende, dumpfe Grollen des Klaviers. Frank hatte das Pedal so fest getreten, dass es sich verhakt haben musste.

Immer das gleiche Theater. Doch Jochen schockierten diese Ausbrüche von Frank jedes Mal aufs Neue, genau so wie seine Muse Barbra Streisand, die im Silberrahmen an der Zimmertür hin und her baumelte und Jochen hysterisch anschielte.

Lisabellissa und Dolciano packten indes geruhsam ihre Instrumente ein.

«Viel Zeit bleibt dir ja nicht mehr», sagte Lisabellissa, indem sie die Spannung ihres Geigenbogens löste.

«Denk daran, dass es das Finale ist. Wenn das in die Hose geht –»

Wenn das in die Hose geht, dann wird's auch mit den Zugaben nichts. Jochen wusste, was Dolciano sagen wollte. An den Zugaben hing Jochens Herz nicht allein deswegen, weil ausnahmsweise er mal die Melodie dazu entwickelt hatte. Sie waren auch Stücke aus einer anderen Zeit, als er noch mit Pierre zusammen war und ihm das tägliche Leben Texte über Liebe, Lust und Leidenschaft in die Feder diktierte.

Doch diese Erinnerung passte ihm nun gar nicht. Am liebsten hätte er das Bild von der Streisand zertrümmert. Er drehte es einfach nur um.

«Ist ja noch ein paar Tage hin. Wird schon werden», sagte er und versuchte ein aufmunterndes Lächeln.

«Um genau zu sein, ist es mit heute noch drei Tage hin.» Lisabellissa war eine ganz Präzise.

«Wird schon werden, Mister Primzahl. Wenn du mit dem Reimen nicht weiterkommst, helf ich dir.» Dolciano gab ihm einen Klaps auf die Schulter.

Wenn er mit dem Reimen nicht weiterkäme?! Jochen fand das überhaupt nicht komisch. Dolciano schien von seinen Texten also nicht viel zu halten, das versetzte ihm einen regelrechten Stich. Zum Glück brauchte Lisabellissa noch präzise Instruktionen, was sie für den bevorstehenden Auftritt anziehen sollte, das half Jochen über den ersten

Verdruss hinweg. Nach einer Viertelstunde verließen sie Franks Wohnung in unterschiedliche Richtungen.

Im Sessel sitzen, für ein paar Sekunden die Augen schließen, die Musik erinnern – die Verse würden dann wie von alleine kommen. Doch anstatt sich zu Hause an das Lied zu machen, fand sich Jochen auf dem Steindamm wieder und betrat einen der Sexshops, die es dort in Massen gab. Auf einem Grabbeltisch fand er herabgesetzte Pornomagazine, eines tat sich mit Gedichten hervor:

«Die Ceder wächst am Libanon/ Cadetten onanieren schon.»

«Der Dachs in seinem Baue sitzt/ der Stricher aus dem Arsche schwitzt.»

Jochen pfefferte die Hefte zurück und kaufte sich eine Eintrittskarte fürs Kontakt- und Kellerkino.

«Wenn du mit dem Reimen nicht weiter kommst, helf ich dir.» Was Dümmeres, Schlimmeres hätte ihm Dolciano nicht an den Kopf werfen können. *Dolciano vita?* Von wegen. Ein Liebeslied mit Haken, so wie immer. Vergiss den Fagottisten.

Das Publikum spendet Friede von Hempell, Lisabellissa und Dolciano tosenden Applaus. Während sie sich verbeugen, betritt Peter Primzahl die Bühne, sich völlig im Klaren darüber, dass er sich nach der grandiosen Ouvertüre keinen Patzer erlauben darf. Ruhe kehrt ein. Friede von Hempell setzt sich zurück ans Klavier und gibt mit dem Fuß den Takt vor. Friede von Hempell nickt Peter Primzahl kaum merklich zu. Doch Peter Primzahl weiß seinen Text nicht. Er hört dieses Lied überhaupt zum ersten Mal. Und während er gegen das Scheinwerferlicht wie blind in den Zuschauerraum blickt, ertönt ein schriller, quäkender Ton.

Jochen hat diesen Traum so oder so ähnlich schon tausendmal geträumt. Und immer ist er aufgewacht, bevor es zum Desaster kam. Er drehte sich zur Seite, um den Wecker auszustellen. Doch da, wo sonst der Wecker stand, lag jemand. Langsam kam ihm zum Bewusstsein, dass er dieses Wecksignal auch gar nicht kannte.

Zu Hause legte er sich gleich in die Badewanne. Auch beim Baden waren ihm schon Songtexte eingefallen. Aber nicht an diesem Tag. Und schon gar nicht, wenn er gleichzeitig laut Musik hörte und das schwule Stadtmagazin nach Veranstaltungen durchkämmte. Es gab an diesem Abend mindestens ein Dutzend private *Barebacking*zusammenkünfte. Im *gay house* sollte eine *underware party* stattfinden, in der Sauna nebenan war Partnertag. Den Hinweis auf ihr Konzert überblätterte er schnell. Normalerweise konnte er sich an Abbildungen von *Pubertory* in der Presse gar nicht genug ergötzen.

Morgen Abend war es so weit. Um es mit Lisabellissas Worten zu sagen, blieben ihm mit heute noch exakt zwei Tage, um sich einen Text aus den Fingern zu saugen, für das Finale, für die schönste Musik, die Frank je geschrieben hat. Er musste sich jetzt zusammennehmen. Er durfte diesen Fagottisten einfach nicht so ernst nehmen. Jochen sagte sich: Der ist doch nicht ernst zu nehmen, hat von Tuten und Blasen keine Ahnung, vom Texten schon gar nicht, dass ich dem ein Lied habe schreiben wollen – lächerlich. Abrupt stieg Jochen aus der Wanne und setzte das halbe Bad unter Wasser.

Er warf sich den Bademantel über, schaltete die Musik aus und setzte sich, noch nass, in seinen Sessel. Er schloss die Augen und versuchte das Lied zu erinnern. Doch statt der Melodie hörte er immer nur die Worte: «Wenn du mit dem Reimen nicht weiterkommst – mit dem Reimen – Reimen.» Wie hartnäckig diese Worte in seinen Gehörgängen herumirrten, ohne einen Ausschlupf zu finden! Und wie unangenehm sie klangen: wie der fremde Wecker am Morgen, wie das ekelhafte Quäken, wenn jemand nur auf einem

Mundstück bläst. Er zitterte, ob vor Wut oder Kälte, er wusste es nicht. Vielleicht war er auch einfach nur verzweifelt.

Jochen versuchte, Frank anzurufen. Vergeblich, der unterrichtete um diese Zeit bestimmt am Konservatorium. Vielleicht war Lisabellissa ja zu erreichen. Auch nicht. Die wurde von Frank jetzt bestimmt unterrichtet. Dolciano würde er auf keinen Fall anrufen und ihn fragen: «Du, kannst du mir mal die Melodie von dem letzten Stück vorsingen, damit ich dazu was Schönes reimen kann?!»

Das rote Lämpchen seines Anrufbeantworters blinkte zweimal auf. Jochen erwartete keinen Anruf, und die Melodie hatte ihm garantiert auch niemand auf Band gesungen, während er nach der Probe im Pornokino versackt war und sich dann von irdendeinem Typen hatte abschleppen lassen. Er ging an seinen Wäscheschrank und fischte eine akzeptable Unterhose heraus. Er nahm sich vor, Frank oder Lisabellissa aufzusuchen. Wenn er sie im Konservatorium nicht mehr anträfe, dann würde er gleich weiter ins *gay house* gehen, ohne Umwege. Dann gäbe es eben keinen Text fürs letzte Lied. Dann gäbe es zum Schluss halt noch eine Ouvertüre und seinetwegen auch keine Zugabe.

Vor dem Konservatorium überlegte Jochen es sich anders. Er könnte genauso gut den Fagottisten beim Wort nehmen. Von wegen reimen.

Dolciano machte die Tür auf und sagte: «Schön, dass du noch kommst.»

Jochen traute seinen Ohren nicht. Die Melodie war wieder da! Und diese Mandelaugen, diese Lippen, Jochens Knie wurden weich. Dolciano hatte ihn erwartet! Er musste sich am Türpfosten abstützen.

Schön, dass du kommst
schöner, wenn du bleibst

das Leben ist süß (dolciano vita)
weil du mich zum Wahnsinn treibst

Dolciano trug einen Bademantel aus blau-weiß gestreiftem Frottee, ein uraltes Modell, seine nackten Füße steckten in ausgetretenen Pantoffeln. Jochen hätte ihn in diesem Aufzug auf jede Bühne gestellt und wäre sicher gewesen, dass die ganze Welt ihn bewundern würde.

«Ich habe gerade Tee fertig.»

Jochen ging in das Zimmer, aus dem klassische Musik kam. Dort herrschte ein ziemliches Chaos. Hatte Dolciano wirklich mit ihm gerechnet? Die Musik hatte so gar nichts von *Pubertory*, sie war völlig unliedhaft. Jochen stellte die Anlage ab, räumte Kleidungsstücke zur Seite und setzte sich auf das kleine Sofa.

Dolciano rief aus der Küche: «Pass auf, wo du dich hinsetzt. Du siehst ja, ich bin mitten in der Arbeit. Ich hatte keine Rohre mehr und musste mir unbedingt neue bauen.» Dolciano trat ins Zimmer, zwei Becher in der Hand. Mit dem Blick auf das Durcheinander auf dem Tisch erklärte er: «Ist echt ein Vorteil, Rohre selber zu bauen. Du kannst sie so formen, wie du's brauchst, ganz individuell. Ist ja auch bei jedem anders, allein schon anatomisch: Lippenspannung, Blastechnik. Spart außerdem jede Menge Geld.» Dann stellte er Jochen den Becher hin. «Störte dich die Musik? John Adams. Ich kann auch was anderes auflegen.»

Jochen konnte nun nicht mehr auf den Tisch sehen, ohne kribbelig zu werden. Ein Blick hinauf zu Dolcianos Lippen hätte die gleichen Folgen gehabt. Also kuckte er einfach geradeaus und betrachtete den Gürtel von Dolcianos Bademantel. Der Knoten saß locker, jeden Moment konnte er sich lösen.

«Hast du vielleicht», begann Jochen. Sein Mund war ganz trocken, er nahm einen Schluck Tee.

«Ich habe die gesamte moderne Klassik. Vor allem Nordamerika und Baltikum.» Dolciano stellte sich vor seine CD-Türme und zählte wildfremde Namen auf.

Jochen begann von Neuem: «Hast du vielleicht Stift –»

«Stift!? Kenn ich gar nicht. Ist das ein neuer Deutscher?»

«Stift und Zettel.»

Dolciano reichte ihm Notenpapier und Bleistift. In diesem Moment ging der Knoten auf. Die Gürtelenden fielen herab und kamen nach kurzem Baumeln zur Ruhe. Wie die da jetzt aus den Schlaufen heraushängen, dachte Jochen, links und rechts, völlig schlaff. Die Schöße des Bademantels schoben sich auseinander und Jochen konnte sehen, dass Dolciano von Zeit zu Zeit auch mit dem Gummizug seiner Unterhose zu kämpfen hatte.

In dieser Nacht, die er bei Dolciano verbrachte, brachte Jochen einen Liedtext zu Papier, der Frank beim Soundcheck am nächsten Abend Lisabellissa gegenüber zu der höchst unwahrscheinlichen Bemerkung veranlasste, «das ist der schönste Text, den Jochen je geschrieben hat». Frank hatte darauf vertraut, dass Jochen noch etwas Schönes dichten würde, in dieser Hinsicht hatte er ihn bislang nie enttäuscht, und schließlich hatte Frank beim Komponieren auch an Jochen gedacht, das hatte er ihm nach der missglückten Generalprobe auch noch reumütig auf den Anrufbeantworter gesprochen. In erster Linie hatte er beim Setzen der Noten allerdings Dolciano vor Augen gehabt, genauer gesagt, dessen Mandelaugen, was denn auch Melodie und Rhythmus so südeuropäisch, ja beinahe orientalisch geraten ließ. Bei allem Respekt vor Jochens Dichtkunst hatte er aber einen so wundervollen Text nicht erwartet. Die Verse bewegten ihn derart, dass er sich fast zu der scherzhaften Frage hinreißen ließ, von wem Jochen denn dieses Gedicht geklaut habe – und das nur, um seine Erschütterung zu überspielen. Doch Frank riss sich zusammen und raunte stattdessen Lisabellissa diese höchst unwahrscheinliche Bemerkung zu, die bewirkte, dass sie um ein Haar den mit Rosshaar bespannten Geigenbogen fallen ließ. Die Geigerin war über die Maßen verblüfft, denn sie hatte den Pianisten noch nie so unumwunden loben gehört.

«Am vergangenen Wochenende gastierte die berüchtigte Szenecombo *Pubertory* im ausverkauften *Lounge* ... erstklassige MusikerInnen, hochkarätige Arrangements, wundervolle Lieder ... die eigenwillige Stimme des Frontmannes Peter Primzahl ... komische, traurige, bisweilen geistreiche Texte ... gefiel sich Primzahl darin, unaufhörlich mit dem Fagottisten (ein wirkliches Talent, unwiderstehliche Augen!) herumzuflirten ... kein Kontakt zum Publikum, das wie bestellt und nicht abgeholt den Veranstaltungsort verließ, ohne auch nur eine einzige Zugabe zu fordern ...»

Jochen hat sich die Konzertkritik ausgeschnitten und in seiner Wohnung übers Bett gepinnt. Dolciano findet das blöd. Wenn er nach der Arbeit bei Jochen vorbeikommt und mit ihm ins Schlafzimmer geht, zieht er immer die Stecknadel heraus und lässt den Zeitungsausschnitt hinterm Bett verschwinden. Dolciano ist ein bisschen abergläubisch. Seine erste Musiklehrerin, eine waschechte Sizilianerin, hatte ihn eindringlich davor gewarnt, niederschmetternde Kritiken aufzubewahren; wenn man sie überhaupt gelesen hatte, müsse man sie umgehend verbrennen, ansonsten würde sich ein Fluch auf alles legen, was bei dem Konzert eine Rolle gespielt hatte: die Instrumente, die Kompositionen, ja sogar die Ohren der Feuilletonisten. Wenn Dolciano wieder gegangen ist und Jochen seine Pflichten als Ehemann hinter sich gebracht hat, Waschen und Bügeln, Staub Saugen und zum Schluss Betten Machen, dann sucht er den Schnipsel wieder hervor, liest ihn lächelnd und denkt an den wunderbaren Abend, damals, als er Dolciano auf der Bühne seine Liebe erklärt hatte, eine Liebe, die die Bühne für ihn überflüssig gemacht hat.

PETER HOFMANN

DIE STUFEN ZUM MEERESBODEN

Er hat große Augen. Sie sind viel zu groß für sein schmales
Gesicht, die eingefallenen Wangen und für den Mund, der
fast wie ein Strich wirkt. Die Ohren stehen etwas ab.
Geduckt lehnt er an der Wand. Und etwas zerzaust. Seine
kurzen Haare haben zu viele Wirbel, am Hinterkopf stehen
sie ab. Bomberjacke, Jeans, T-Shirt.

Ein dunkler, vergessener Prinz mit heller Haut und
Augen, die traurig wirken unter den schweren Lidern.
Traurig sieht er mich an, traurig hebt der das Glas und trinkt
und leckt den Schaum von den Lippen. Sogar wenn er zu
mir her lächelt, ist er traurig. Wenn diese großen, dunkel-
grünen Augen nicht wären, sähe ich an ihm vorbei.

Ich habe mich angestrengt, alles an ihm zu mustern, denn
ich laufe Gefahr, diesen Augen zu erliegen. Schräg nach
hinten, über meine Schulter schieße ich Bilder von ihm, kurz
und möglichst genau. Wie Polaroids. Unechte Farben,
verdrehte Momente, die Augenblicke ohne Pose.

Andreas' Kneipe wird voll am Samstagabend. Alle drän-
gen sich, schieben sich vorbei, füllen den Raum, pferchen
sich selber ein. Wie ein stickiges Sklavenschiff, die Männer
saugen das Licht auf, es wird dunkler mit jedem neuen Gast.
Rauchschleier legen sich auf die murmelnde Menge, und
wenn das ewige Wummern der Musik plötzlich endet, dann
ist es plötzlich still. Der Barkeeper ist jung und darf es sich
leisten, durch seine Gäste hindurchzusehen. «Jan» steht auf
dem Schild, das er an seine Hosentasche geknipst hat. Die
Risse in seinen Jeans zeigen ein Stück Arschbacke links und
etwa fünf Zentimeter behaarten Schenkel rechts. Über seine

junge, straffe Brust spannt sich ein weißer Synthetikbody mit Reißverschluss und Netzeinsatz an den Seiten. Er färbt sich blond. Höchstens vierundzwanzig. Trotzdem müde. Schenkt den Männern müde ein, sieht müde durch sie hindurch, sagt müde danke und bitte oder fragt müde, mit hochgezogenen Augenbrauen, nach, weil das «Zwei Bier und ein Puschkin» im Gemurmel untergeht.

Manchmal nickt er in die Richtung der Tür, wenn einer kommt, der ihn zu kennen glaubt. Aber keinen sieht er an. Seine Augen gehen ins Leere. Aber das Leere wird immer enger, weil es schon nach zehn ist und die Eingangstür in immer kürzeren Abständen quietscht. Ich winke, er geht vorbei, ich winke abermals, dann kommt er. Schaut nicht mich, sondern das leergetrunkene Glas an, nickt und zapft noch ein Bier. Müde.

Hinter meiner Schulter ist es immer schwieriger, die großen Augen, ihn, zu sehen. Ein Ledermann drängt sich neben mir an die Theke. Es riecht nach Poppers und Davidoff, nach neuen Schuhen und altem Schweiß. Seine Polizeimütze hat er tief ins Gesicht gezogen, das dadurch nur noch ein Schatten mit heruntergezogenen Mundwinkeln ist. Jetzt bestellt er ein Bier. Er ordert es durch die Nase, wie ein Sachbearbeiter in der Senatsverwaltung, Abteilung Inneres, wie eine KaDeWe-Verkäuferin am Kosmetikstand, wie eine geblümte Witwe mit Hut beim Kaffeekränzchen. Er näselt melodiös «Danke dir», es hängt wie eine nicht zu Ende gespielte Melodie überm Tresen, drängelt sich zurück und findet ein freies Stück Wand, lehnt sich an, hält mit spitzen, manikürten Fingern die Bierflasche vor dem Hosenstall seiner Lederhose und der Schatten, in dem sein Gesicht verborgen ist, schaut starr nach schräg unten. Er setzt die Flasche an die Lippen, legt den Kopf etwas in den Nacken und trinkt wie der Mann, der er gern sein möchte. Beim Absetzen knickt sein schmales, blasses Handgelenk ein.

Die Augen sind noch da, ich muss die Augen sehen. Ich

habe ihn von oben bis unten gemustert, gewartet, dass er sich verrät. Durch eine Geste, durch die Bewegung oder ein Wort, vielleicht auch durch ein Lächeln. Etwas Unbewusstes, eine unkontrollierte Offenbarung, damit das Bild von ihm verfliegt, zerbricht oder zerläuft.

Ich warte immer darauf. Bevor ich näher komme, bevor ich spreche, bevor ich jemanden zum Bier einlade oder ins Auto verlade, warte ich auf ein verräterisches Zeichen.

Es gibt das falsche Lachen, bei dem sich die Augen zusammenkneifen und scheinbar vertraut zwinkern. Manchmal tut es eine Handbewegung oder die Finger, die ständig nach dem Kehlkopf tasten, es gibt die Sorte, die anzüglich mit der Zunge über die Lippen fährt, und jene, die sich desinteressiert geben, Prinzessin spielen, und dann im Dunkeln jeden Bettler beknien.

Bei anderen ist es die Goldkette, das Kettchen am Handgelenk oder der zu große Goldring am zu kleinen Finger. Vielleicht auch die falsche Frisur, wenn einer in seinem Spiegel nur noch sein Bild von vor zehn Jahren sehen will.

Es kann auch eine Brille sein, eine dieser drahtigen Designerausgaben, gemacht für glatte, spurlose Gesichter, die ohne Brille nicht beachtet würden, die sich auf Anzeigenseiten als vierzigjährige «Boys» bezeichnen.

Oder sie stehen auf der Toilette plötzlich am Pinkelbecken neben mir, lächeln und kontrollieren, ob ihnen die Schwanzgröße reicht. Hungrig und berechnend. Ich will sehen, wie sie ihre Lust in Zentimeter messen, wie sie handeln und schachern, abwägen und den Gewinn abschätzen. Ficken oder gefickt werden, dominant oder devot, aktiv oder passiv, Sado oder Maso, sanft oder derb, klein oder groß. Kein Dazwischen, keine Überraschung. Ich will sehen, wie sie die eigene Rolle spielen, Darsteller für ihren Film suchen und sich dann möglicherweise mit der zweiten oder dritten Garnitur zufrieden geben müssen. Später.

Ich brauche diese Gesten, diese Fehler. Ich will den Zusammensturz, die Rechnung und die Quittung. Jeder ist für einen Moment er selbst, zeigt sich, geht ungewollt aus der Deckung und steht versehentlich für eine halbe Sekunde ungeschützt in der Feuerlinie.

Passiert es, habe ich ihn entdeckt, den Makel, dann kann ich abschätzen, ob die Nacht passabel werden könnte oder ob nicht. Ob es sich lohnt, dieses Spiel mitzuspielen. Für eine Nacht, für ein paar Stunden.

Mit allem Drum und Dran. Bis hin zum «Ich ruf dich an» oder «Bis die Tage» oder «War ganz nett, man sieht sich». Bis hin zum «Nein». Um sich später irgendwann zu ignorieren, aneinander vorbeizulaufen, sich im Augenwinkel zu sehen und links liegen zu lassen wie billige Flittchen.

Alle sind billige Flittchen, alle, die hier stehen, haben ihren Preis, zahlen ihre Zeche. Und ich bin nicht besser, habe berappt und eingesteckt, ausgeteilt und eingenommen. Mich räudig unter Wert verramscht und Hauptgewinne nach Hause getragen. Und das freut mich, belustigt und amüsiert mich. Ich genieße meine Kälte. Wie mit einem Skalpell will ich sie sezieren und in ihre Innereien schauen, pathologisch, ohne Eingriff, ohne Operation, ohne Aussicht auf Besserung.

Mein drittes Bier ist fast leer. Neben mir der Mann mit den langen Fingernägeln, dem zu engen Samtpulli, dem flehenden Blick. Nein.

Die Stirn hinter mir, die Augen, ich kann ihn nicht sehen. Es ist elf durch, und langsam sind alle da und trinken sich warm für die Nacht. Sammeln Gutscheine, lösen sie womöglich nicht ein, aber was man hat, hat man. Wenn nichts Besseres kommt, greift man später auf die Chancen des frühen Abends zurück.

Hallo.

Dicht neben meinem Ohr, die Lippen ganz nah, eine Hand, die sich auf meine Schulter legt.

Langsam drehe ich meinen Kopf herum: Hallo.

Ich geh jetzt hier. Mal sehen, vielleicht ins New Action. Mach´s gut, mein Schöner.

Ich will etwas sagen, aber er ist schon zur Tür, dreht sich noch einmal kurz um und zeigt seine Augen. Schwermütig und immer noch ein wenig traurig. Aber er lächelt. Als täte ihm etwas weh. Und als wüsste er es. Er ist schön.

Ich versuche die Aufmerksamkeit des Boys hinter der Theke zu erhaschen, denn ich will zahlen. Ich lege mein Portemonnaie vor mich hin, versuche, ihn zum Blickkontakt zu ermutigen, aber es funktioniert noch immer nicht. Er huscht vorbei, trägt Bier, raucht hastig an der Zigarette, die er sich nebenbei angesteckt hat. Da sage ich laut den Namen, der am Schild an seiner Hose steht. Jan?!

Er dreht sich ruckartig um, als hätte ihn ein Schuss ins Genick getroffen, sieht das leere Bier und den Geldbeutel, sagt zehnachtzig, ich erwidere elf. Er streicht das Geld ein. Vielleicht beleidigt, vielleicht verärgert über lumpige zwanzig Pfennig, möglicherweise ist es ihm egal. Vielleicht ist er einfach zu müde für diese Kneipe, für diese Typen, oder zu müde für seine vierundzwanzig.

***

Im New Action ist es noch dunkler als im Andreas. Man muss klingeln. Dann schnurrt ein Summer und eine Birne leuchtet auf. Also schauen die meisten gleich zur Tür. Ich gehe hinein. Es ist noch nicht voll. Der Raum ist lang gestreckt. Endet hinter den Toiletten in einem Darkroom. Ich kenne es, war vielleicht zehnmal hier. Manche scheinen immer da zu sein. Der Jüngling mit Glatze und gepiercter Augenbraue, der die Chaps ohne Jeans trägt und seinen makellosen Arsch beim Billardspielen rausstreckt. Der Armytyp mit Brille, der mit einem anderen Armytypen da ist, beide sind stämmig und tragen Brillen und sitzen immer am zweiten Tisch, der Behaarte mit Lederkluft, der seinen

Schnäuzer über die Lippen kämmt, der Szenestar, der mich erkennt und als «die Talentierte aus Postdam» vorstellt und mich mit Freunden aus Stuttgart, München oder Saarbrücken bekannt macht.

Ich habe die Augen entdeckt. Er sitzt auf dem Fensterbrett neben den Magazin- und Flyerstapeln. Ich will jetzt nicht mehr rumstehen und gucken. Ich gehe hin.

«'n Tag. Wie heißt 'n du?»

Er sagt: «Hans».

Wir stehen nebeneinander und ziehen uns Informationen aus der Nase. Hans ist nicht sehr gesprächig.

«Ich arbeite mit Computern, bin aber eigentlich noch Am Studieren. Alles ein bisschen kompliziert. Und du?»

«Journalist. Beim Radio.»

«Aha», sagt Hans und lächelt und schweigt wieder. Ich schweige auch.

Die Klingel summt in immer kürzeren Abständen, es ist nach Mitternacht, Berlin wird lebendig.

Hans sieht mich an, und ich sehe in seine Augen, sie weichen aus, nur ganz kurz. Wie aus Verlegenheit, geheimnisvoll und reizend. Ja, er senkt den Blick, fast keusch. Ich ziehe ihn zu mir und küsse ihn. Er küsst zurück.

Und wir küssen weiter.

Der Star kommt vorbei und sagt: «Ho, ho», doch wir küssen. Ich fahre mit den Fingern durch sein Haar und halte seinen Kopf fest, seine Hand packt meinen Rücken, die andere reibt mein Ohr, steckt den Finger hinein, dann leckt er meinen Hals, küsst, leckt mein Gesicht, küsst wieder, nimmt jetzt das Ohr ganz in den Mund. Ich fahre unter sein T-Shirt, küsse, streichele seine Brustwarzen, spüre, wie er schaudert und weiter küsst, schiebe meine Hand hinunter, stecke meine Finger in seinen Gürtel, fahre mit der ganzen Hand hinein und knete seinen Arsch, ziehe ihn dichter heran. Wir küssen, reiben unsere harten Hosenställe aneinander. Sehen uns an, spielen dabei mit den Zungenspitzen, er lutscht meine Nase ab, ich sauge an seiner Unterlippe, wir küssen wieder. Wir sind gierig.

Beim Küssen vergeht die Zeit, sie schrumpft.

Ich möchte seine Haut überall schmecken, will in seine Brust beißen, mein Gesicht zwischen seinen Backen verbergen, ihn lecken, ihn nehmen, mich nehmen lassen, mit dem Mund, mit den Händen, mit allem, was ich habe.

Er hält mich fest und sieht mich an.

«Ich muss gehen. Bringst du mich zum Bus?»

«Ja.»

Er nimmt meine Hand und geht mit mir zur Tür, lässt nicht locker. Er hat einen festen, sicheren Griff. Warm. Ich fühle mich sicher, seine Hand ist sicher.

Wir gehen hinaus. Er hat große Augen. Er kann küssen und heißt Hans. Alles andere ist mir egal.

***

Wir stehen am Bus und küssen nicht mehr, halten nur die Hände, lassen immer noch nicht los. Ich weiß nicht, wann ich zum letzten Mal so an einer Haltestelle gestanden habe. Mit roten Wangen, blöde lächelnd wie ein Backfisch.

Es ist kühl, Hans sagt: «Ich mag den Herbst. Ich war immer im Herbst mit meiner Mutter in Schweden.»

«In Schweden?», frage ich, und denke ungewollt an ABBA, Astrid Lindgren und Pipi Langstrumpf.

«Meine Mutter ist Schwedin. Mein Vater hat im diplomatischen Dienst gearbeitet, da heben sie sich kennen gelernt. Und sie haben geheiratet. Für ihn war es keine Frage, er musste in der DDR bleiben. Sie hat sich damit abgefunden. Aber sie konnte lange nicht nach Schweden.»

Seine Stimme ist kräftig und tief, ganz weich, fast ist es, als raunte er die Worte, als wären sie Teil einer Beschwörung. Er betont, dehnt die Vokale etwas, spricht genau, vergisst nichts, labert nicht, er spricht eben:

«Jetzt sind sie geschieden. Mein Vater ist ein ziemlicher Arsch. Und sie lebt jetzt allein ... kennst du schwedische Gedichte?»

«Nein», sage ich «ich kenne zwar Gedichte, aber ich glaube, keine aus Schweden.»

Eine Frau steht neben uns und versucht gequält, uns nicht zuzuschauen. Der Bus kommt und pfeifend geht die Tür auf.

Ich zeig dir mal welche, sagt Hans und gibt mir einen Zettel mit seiner Telefonnummer. Ich erschrecke fast, denn ich habe nicht daran gedacht, ihm meine zu geben. Ich habe an gar keine Nummer gedacht, an keine Adresse und an nichts. Ich habe ihn nicht einmal gefragt, wo er wohnt.

Er steigt ein und hält noch immer meine Hand, als er auf der Treppe in der Tür steht, zieht mich noch mal zu sich und flüstert mir etwas ins Ohr:

«Wir sind auf den Treppen, die Stufen führen zum Meeresboden.»

Wir lassen los, die Tür pfeift zu, der Bus fährt an. Ich sehe ihm hinterher, sehe sein Gesicht und dass er winkt. Nur kurz. Er scheint zu lächeln. Traurig.

Auf dem Zettel steht nur Hans und seine Nummer. Sie beginnt mit einer 4, er wohnt irgendwo im Prenzlauer Berg.

Es ist kühl, ich sehe auf die Uhr und gehe langsam zum Zoo und zur S-Bahn nach Potsdam.

***

Die Samstagnacht ist eine verdammt gute Lügnerin. Sie macht geil, macht begehrenswert und macht einem was vor. Sie erfindet Männer, Idealtypen, baut sie aus Sehnsucht, aus frustriertem Verlangen und minderbemittelten Wünschen. Sie kann alles, am besten ist die Samstagnacht zwischen drei und fünf, da erreicht sie ihre Höchstform, ihre Verführung wird immer schlichter und billiger und sie lässt sie doch glitzern wie einen Flirt, wie eine Scharade. Und doch ist es nur Geilheit. Die Samstagnacht kennt ihre Verehrer, ihre Flittchen, ihre Stammgäste, die Neulinge, die Draufgänger und die Mauerblümchen. Es sind ganz normale Männer, die sie glänzen lässt, denen im Alltag kaum jemand Beachtung schenkt, nach denen sich kaum einer umdreht, die sich verstecken und versteckt werden. Von Samstagnacht zu Samstagnacht. Flache Wasser scheinen tief, Katzengold wirkt echt. Manchmal lässt die Samstagnacht die Küsse brennen wie vor zehn Jahren, sie schmecken wie nie zuvor oder wie beim ersten Mal.

Sie lässt das Verlangen wieder zittern, als sei es nie müde geworden, die Haut wird heiß, der Appetit wird zum Hunger. Bis sie geht.

Wenn es hell wird, ist sie verschwunden, mit all ihren Zauberformeln, den Schleiern, der Dunkelheit, den Versprechungen. Manchmal steckt sie noch in der Dämmerung einer Parkanlage, hinter dem Schloss einer öffentlichen Toilette. Aber nicht mehr lange.

Sie geht einfach und lässt die Einsamkeit zurück. Die sitzt dann fröstelnd in der S-Bahn oder schläft fast ein am Steuer, schlendert missmutig durch die Stadtschluchten, legt ihre Stirn an die Wand vor einer Haustür und weint. Ist betrunken, bekifft oder tanzt, bis die Pille nicht mehr reicht.

Legt sich hin und schläft.

Es ist Donnerstag. Die Samstagnacht hat mir Hans auf den Hals geschickt und nun werde ich ihn nicht mehr los.

Ich warte nun schon vier Tage. Es ist schwer, den richtigen Zeitpunkt abzupassen. Sich zu früh zu melden, heißt, dass man beziehungssüchtig ist, sich hinschmeißt, keine Würde hat und klammert. Zu spät kommt meistens nie, denn ist erst einmal eine Woche vergangen, schiebe ich es tageweise vor mir her, bis zu viel Zeit vergangen ist und man sich rechtfertigen müsste, weil man erst jetzt anruft.

Warten könnte ich, bis Hans anruft, bis er sich aufrafft.

Oder denken wir beide, dass gefälligst der andere den ersten Schritt machen soll, oder denkt einer an gar nichts und einer an alles, greifen wir gleichzeitig zum Hörer und legen wieder auf, noch bevor die Nummer gewählt ist. Rufen wir gleichzeitig an und sind beide gleichzeitig besetzt, obwohl keiner von uns telefoniert?

Ich habe keine Wahl, denn ich habe seine Nummer. Meine steht weder im Telefonbuch, noch ist sie bei der Auskunft abzufragen. Er wird wahrscheinlich nicht warten. Eventuell denkt er nicht mehr an mich. Oder er glaubt dasselbe von mir und ist traurig.

Wie oft habe ich das schon getan: Eine Nummer gewählt, gekritzelt auf einen halb durchgebrochenen Bierdeckel oder einen Zettel, gerissen aus einem Block mit Kindl oder Jever oder Veltins drauf, auf einen abgelaufenen S-Bahn-Fahrschein, eine leere Zigarettenschachtel, eine unbenutzte Serviette.

Wie oft habe ich meinen Namen gesagt und dass ich der vom letzten oder vorletzten Wochenende bin, der von neulich, der aus dem Pickup, der aus dem Andreas, aus der Sauna, dem Park, dem Connection oder der aus dem Pornokino. Wie oft wurde mir ein neutrales «Ach, hallo, schön dass du anrufst», eine erschrockenes «Wie jetzt?», ein verschlagenes «Wie lang warst du noch unterwegs?», entgegnet. War eine Ausrede parat, hat im Hintergrund der Freund Fernsehen geguckt, hat sich das Interesse verflüchtigt? Ich weiß es nicht, und ich habe auch nicht gezählt, wieviel Male ich Abfuhren erteilt, Ausreden erfunden und Interessen verloren habe.

Der Zettel mit der Nummer von Hans liegt unter meinem Anrufbeantworter, jedesmal, wenn ich ihn abhöre, fühle ich: Jetzt. Denke: Nachher. Und tue es doch nicht.

Der Anrufbeantworter springt nach zwei Klingelzeichen an.

«Hallo, hier ist der Anschluss von Hans, ich bin im

Moment nicht zu erreichen, bitte hinterlassen Sie mir eine Nachricht nach dem Ton.»

«Hi, ich bin's. Der vom Samstag, der dich zum Bus gebracht hat. Tja, du bist leider nicht da. Ich – äh – ich glaube, ich hätte Lust, dich zu sehen. Am Wochenende oder so, in Berlin, in Potsdam oder wo du Lust hast. O.k.. Melde dich, du erreichst mich unter folgender Nummer ...»

Gut, ich habe es getan, mein Wort gehalten, gesagt, was ich möchte, ohne mich auszuliefern, habe ihm gekonnt einen Ball zugespielt und bin zufrieden.

Möchte jetzt ein Bier trinken gehen, lesen, Fernsehen, ein Video holen, Pizza bestellen, die Wohnung sauber machen, ein Bad nehmen, das Auto zur Tankstelle und durch die Waschanlage fahren, längst fällige Briefe beantworten, Wäsche in die Waschmaschine stopfen, Hemden bügeln, in die Gay-Sauna gehen – nur warten will ich nicht.

Gehe um die Ecke. Im «Gleis» ist es voll. Ich habe noch einen Platz an der Theke ergattert. Nichts ist schlimmer, als allein an einem Tisch zu sitzen. Es sieht aus, als warte man, als sollte noch jemand kommen, als würde man versetzt. Die Leute, die zu zweit kommen, schauen einen böse an, weil einer allein einen ganzen Tisch belegt. Die Theke ist besser, wer hier sitzt, ist allein und sieht so aus, als wolle er das. Männer sitzen hier. Hetero-Männer. Das Mädchen hinter der Bar hat einen engen Pulli an und alle Hetero-Männer starren die Umrisse ihrer spitzen Brüste an. Sie zapft das Bier und im Geheimen nuckeln sie an ihren Nippeln, schieben ihren kurzen Rock hoch und spielen an ihr rum. Sie weiß es. Sie hat sich die Haare blond gefärbt, denn Hetero-Männer stehen auf Blonde. Und auf kurze Röcke. Sie lassen eine schöne, dunkle Frau mit Hosenanzug stehen, wenn eine billige Durchschnitts-Blonde mit kurzem Rock kommt und ihre Backen sehen lässt.

Von hinten einfach besteigen. Und gehen. Das macht man nicht mit schönen, klugen Frauen.

Ich halte meine Blicke im Zaum, sehe die Männer nicht an, spiele nicht. Ich habe Angst, eine aufs Maul zu kriegen. Ausgelacht zu werden, habe Angst vor Getuschel. Alle Bekannten wissen, dass ich schwul bin, doch die Fremden sind die wirkliche Gefahr.

Das zweite Bier kommt – sie lächelt. Ein ausländischer Bauarbeiter starrt sie an. Starrt ihr auf die Titten, starrt auf ihren Hintern. Sie bückt sich nach Orangensaft und er starrt ihr in den Ausschnitt und auf die Brüste ohne BH.

In der Ecke sitzt ein Pärchen. Sie schweigen, sehen in verschiedene Richtungen, manchmal bewegt das Mädchen die Lippen, aber sie sagt nichts. Und wenn sie etwas sagen, dann drehen sie nur den Kopf leicht in die Richtung des anderen, sehen sich aber nicht in die Augen, sehen auf die Tischplatte, auf den Bierdeckel oder auf die Armbanduhr. Sie sind jung und sie sind ein Paar. Den Burschen sehe ich mir an, weiß, dass er es bemerkt, dass er noch verlegener wird. Ich will, dass er es bemerkt. Soll er doch seine Torte ansehen, mit ihr flirten, ihr Komplimente machen, ihr scheinbar interessiert zuhören, nett sein, damit sie ihn nachher ranlässt. Wenn er das nicht mehr nötig hat, wenn er mit neunzehn schon auf alten Ehemann macht, muss er sich das gefallen lassen. Er senkt die Augen und wird sogar rot. Getroffen.

Das Girlie hat es wohl nicht bemerkt. Oder sie weiß, was eine Frau zu tun hat, wenn sie ihren Mann halten will. Wissen ist nur Macht, wenn man es nicht anwendet, nicht ausspricht. Dann ist es ein Druckmittel. Das wissen Mädchen, das wissen ihre Mütter und deren Mütter wussten es auch schon, als sie noch Mädchen waren.

Ich bin in der Stimmung, Schicksal zu spielen. Einfach den Schwanz der kleinen Hete zu blasen, so wundervoll und ausgiebig blasen, dass er an die Decke fliegt und zeitlebens nicht mehr runterkommt. Dem Jüngelchen einmal zu zeigen, was möglich ist, dass er das öfter haben könnte, wenn er einmal das tun würde, was er will. Ihn ablecken, dass er die Sinne verliert, ihn verwöhnen, dass er zittert vor Lust und Scham und Geilheit und vor den Augen seiner Mutter. Dass er sein junges Ding nie mehr besteigen kann, ohne an den Mund eines Mannes zu denken. Wenn sie zaghaft versucht, das zu tun, wovor sie sich ekelt.

Ich werde es nicht tun. Er ist rot geworden. Das reicht für heute. Er ist normal, ich bin es nicht. Ich bin zehn Jahre älter und habe nicht einmal jemanden, der so tut, als sei er mit mir zusammen, der mit mir Zweisamkeit spielt, dafür lügt und intrigiert, nur damit wir zusammen bleiben.

Manchmal flirte ich auch mit den Frauen, die sich neben ihren Typen langweilen. Mache sie mit Blicken heiß, lasse sie reagieren, zurückflirten, oder sehe zu, wie sie unruhig werden und versuchen, es zu verbergen. Wie sie ihn plötzlich umarmen und aus heiterem Himmel küssen. Danach sehen sie wieder zu mir.

Das Bier ist noch halb voll, ich gehe und werfe ihm noch einen Blick im Vorbeigehen zu. Ich kann's nicht lassen.

**

«Hans hier, danke für deine Nachricht. Ich freue mich. Lass uns heute Abend reden, bin noch 'ne Weile wach. Samstag wär nicht schlecht. Könntest nach Berlin kommen.»

Natürlich kann ich nach Berlin kommen. Mit der S-Bahn, dem Auto, ich könnte fliegen oder trampen. Ich will nach Berlin. Zu Hans. Es ist halb elf, er ist sicher noch wach.

«Hallo, ich bin's, der Potsdamer. Hab ich dich geweckt?»

«Hey, das ist aber schön. Quatsch, ich schlaf doch noch nicht. Habe mich über deine Nachricht gefreut.»

Seine Stimme ist nah und warm. Er spricht langsam und jedes Wort dröhnt angenehm wie ein Streicheln.

«Ja, ich auch über deine. Lass uns was machen am Samstag. Soll ich rumkommen oder willst du?»

«Komm doch einfach her. Da können wir dann sehen, ob wir ins Kino gehen oder ein Bier trinken.»

Ich muss rülpsen, weil mir mein halbes Bier hochkommt.

«O.k., bin ich so gegen acht bei dir?»

Er erklärt mir alles. Ich schreibe es auf. Er heißt Hans Luhnburg. Der Name passt zu ihm.

Fünfter Stock links, LUHNBURG. Mit schwarzem Filzschreiber auf eine rechteckige Pappe gemalt. Die Klingel surrt. Die Tür geht sofort auf, Hans lächelt mich an.

«Hallo, da bist du ja!»

Eine schwarze Katze mit weißem Halsfleck steht im Flur und schaut mich missbilligend und zugleich neugierig an.

«Ja, da bin ich.»

Die Katze verlässt desinteressiert den Flur.

«Komm rein. Das ist Pablo.»

Also ein Kater.

Der Flur ist schmal, ein alter Spiegel mit dunklem Rahmen hängt rechts. Links geht es zur Küche und hinter der kleinen Tür ohne Klinke ist wohl das Klo. Geradeaus das Zimmer. Am Fenster steht ein Schreibtisch aus einer Spanplatte auf zwei weiß gestrichenen Holzböcken. Hölzerne Bücherregale, vollgestopft und herrlich unordentlich. Der Teppich sieht aus wie Schaffell, ist aber eine große, flauschige Imitation, etwas angegraut mit Katzenhaaren. Ein Bett neben dem gelben Kachelofen, rechts ein runder, alter Tisch mit zwei hoch gewachsenen Stühlen dazu. Ein dreiarmiger Leuchter steht darauf, Hans hat die Kerzen angezündet.

«Willst du was trinken? Wein oder Bier?»

Auf dem Tisch stehen schon zwei Weingläser.

«Weißwein wär gut», sage ich und sehe mich um. Hans geht in die Küche, Pablo schreitet vorbei, ohne mich eines Blicks zu würdigen, springt auf den Schreibtisch, balanciert sicher über Papier und Bücherstapel zum Fenster und lässt sich gelassen neben dem kleinen Osterkaktus nieder. Schaut in den Hinterhof.

Ein Plopp kommt aus der Küche, und dann kommt Hans mit einer Weinflasche und schenkt ein, setzt sich hin. Auch sein Stuhl knarrt.

«Na, gefällt's dir? Ist ein Loch. Aber im Moment kann ich mir nichts anderes leisten. Sonst wär ich schon lange weg.»

«Ist doch gemütlich. Bin auch erst letztes Jahr umgezogen. Hatte auch alle Extras inklusive: Kachelofen, undichte Fenster und das Klo auf der Treppe.»

Mein Satz bricht ab. Er sieht wieder traurig aus, hebt sein Glas, prostet mir zu. Wir trinken.

«Na ja, aber mit zweiunddreißig müsste man schon was haben. Ich meine, es nervt mich halt alles. Das Studium, der Job und die Bude.»

Ich sehe ihn an. Was soll ich sagen.

«Mach dein Studium fertig, such dir einen anderen Job und zieh um.»

«Als ob das so einfach wäre.»

«Halt mal. Dass es einfach ist, hab ich nicht gesagt.»

Er lächelt jetzt. Bei Kerzenlicht wirken die Augen fast noch größer. Sie sind tief, oder jedenfalls sehr geheimnisvoll. Für mich. Ich weiß noch nichts über ihn.

«Na ja», sagt er nach einer kurzen Pause, «was machst du so?»

«Äh, ich bin Journalist, freischaffend, arbeite beim Rundfunk, und das ist im Moment noch ganz in Ordnung. Außer, dass ich auch gern mal andere Sachen gemacht hätte. Manchmal macht's Spaß, und das ist glaub ich schon ziemlich viel.»

Er sieht mich an, entgegnet: «Schön.»

«Was, 'schön'?»

«Schön, dass du da bist. Dass dir dein Job gefällt.»

«Was studierst du?»

«Informatik und Kommunikationswissenschaft. Bin fast fertig, muss noch meine Diplomarbeit schreiben. Aber ich komm im Moment nicht vom Fleck, alles zu chaotisch.»

Ich frage jetzt nicht, warum alles chaotisch ist und warum Hans nicht vom Fleck zu kommen glaubt. Er wird es mir erzählen.

«Na ja, es gibt doch so Phasen, wo man nur rumhängt. Dann platzt einfach mal ein Knoten, und plötzlich geht's.»

Er sieht mich an, schweigt weiter, trinkt. Er trinkt schneller als ich.

«Ich meine, wenn du dich dann selbst noch unzufrieden machst, dann wird's ja nicht besser. Weiß nicht, wie ich das jetzt sagen soll, aber ich glaube, wir machen es uns manchmal selber schwerer als es ist.»

«Na ja, wenn man andere sieht in dem Alter, dann ...»

«Die andern sind mir egal, schon lange. Von denen hab ich noch nichts gekriegt. Ich mach mein Ding – verkehrt oder richtig. Das weiß ich eh nicht vorher. Die andern können mich aber mal ganz herzlich. Ich habe so die Nase voll von anderen Leuten, dass es quietscht, verstehst du? Es quietscht. Ich bin aus einem kleinen thüringischen Nest weggegangen, bloß wegen anderer Leute, weil denen nicht gepasst hätte, wie ich lebe. Und weil Mutti und Vati nur für andere Leute gelebt haben ...»

Hans blickt erschrocken von seinem Wein auf.

«Ich wollt dich jetzt nicht ärgern.»

«Entschuldige, es gibt so Stichworte, wo mir einfach mal der Arsch platzt. Dazu gehören ganz sicher andere Leute.»

«Bist ganz schön bitter.»

«Ja, bin ich. Bin auch ziemlich intolerant, manchmal. Hab keine Lust mehr, alles und jeden zu verstehen. Manche Sachen passen mir, andere nicht. Und mit denen gebe ich mich einfach nicht mehr ab. Keine Zeit. Und keine Lust, vor allem keine Lust.»

Scheiße, es wird grundsätzlich. Ich bin kaum eine Viertelstunde da, schon hau ich ihm meine Lebensmaxime um die Ohren, oder das, was ich als solche verkaufe. Das hasse ich an mir.

Das könnte ich ihm sagen. Dass ich meine verdammten Referate hasse. Dass die andern denken, ich bin ein harter Bursche, ohne Kompromisse, immer auf der Straße nach Morgen. Scheißfilm.

Ich könnte erzählen, wie allein ich bin, wie verdammt allein, weil jeder Affe denkt, der macht das schon, der braucht niemanden, der hat keine Probleme, und wenn er welche hat, werden sie gelöst, basta.

Ich sage es ihm nicht, soll er es rauskitzeln, soll er mich weich machen. Aber ich weiß nicht, ob er das kann. Er trinkt sein Glas leer, schenkt sich nach, ich stürze mein Glas hinunter und nicke.

«Entschuldige, war wohl ein bisschen heftig.»

«Quatsch, hast ja Recht. Musik?»

«Ja, gern.»

Er steht auf, geht zum CD-Regal.

«Und was?»

«Pfff – was du gern hörst. Solang's kein Techno oder Maria Hellwig oder Death Metall ist, ist mir alles recht.»

Er legt Fleetwood Mac auf. Rumours.

«Schön», sage ich .

«Ja, ich find Stevie Nicks so gut. Die hat so eine Stimme, so zornig. Fast wie du vorhin.»

Ich sehe ihn an und ich glaube zu lächeln. Aber ich staune. Er kommt auf mich zu, nimmt mein Gesicht in seine Hände und küsst mich. Erst ganz leicht, kaum, dass sich unsere Lippen treffen. Dann etwas länger. Sein Gesicht ist ganz nah.

«Du hast so schöne Augen», flüstert er und schaut mich mit seinen schönen Augen an.

Wir küssen, ich stehe dabei auf und er nimmt mich in die Arme, wir küssen. Ewig, bis er mich auf das Bett bugsiert und sich auf mich legt. Die ganze *Rumours* lang. Von *Second Hand News* bis zu *Gold Dust Woman*. Und abermals von vorn. Bei zweiten *Dreams* liegen wir auf dem Schaffell bei der zweiten Flasche Wein. Ich auf dem Bauch, sein Kopf auf meinem Hintern. Ab und zu streichelt er ihn oder drückt sein Gesicht dazwischen.

«Na, du Schöner», flüstere ich, nehme einen Schluck Wein in den Mund, drehe mich um, er liegt nun auf dem Rücken. Ich setze mich auf ihn, beuge mich vor und lasse den Wein in seinen Mund fließen.

***

Es ist elf und wir telefonieren noch immer. Ich liege im Bett und seine Stimme ist nah. Sie ist tief. Ich kuschle mich ein mit dem Hörer am Ohr und mit den Dingen, die wir uns erzählen.

«Meine Mutter mag die alten ABBA-Lieder. Die schwedischen. Das erinnert sie an ihre Heimat.»

«Warte, hör mal zu.»

Ich halte den Hörer an die Box, aus der Agnetha gerade schwedisch singt, natürlich leidend, natürlich verlassen.

Ich lächle und lasse sie bis ans Ende von «Drömma dröm ...» an seinem Ohr.

«Hast du gehört?»

Hans lacht.

«Ich kann ja mal einfach 'ne Kassette ziehen für deine Mutter. Vielleicht freut sie sich. Seht ihr euch noch oft?»

«Na ja. Seit sie von meinem Vater geschieden ist, lebt sie halt alleine da unten im Erzgebirge. Aber sie will zurück nach Schweden. Da ist die ganze Familie. Die haben es ihr damals übel genommen, dass sie in den Osten gegangen ist. Der Alte war im Diplomatischen Dienst. War alles nicht so einfach.»

Hans macht eine Pause. Ich sage nichts, weil ich seine Pausen kenne. Er redet langsam und überlegt. Seine Pausen sind länger als meine. Ich darf sie nicht abkürzen, denn dann falle ich ihm ins Wort.

«Aber sie ist halt traurig darüber. Auch wenn sie die Zeit nach der Scheidung genossen hat. Wir sehen uns zwei- oder dreimal im Jahr. Aber es ist schwierig. Ich denke, sie geht zurück. Ich hoffe es, weil da unten im Erzgebirge überhaupt nichts ist, das sie hält. Die Landschaft nicht und schon gar nicht die Menschen. Aber der Alte wurde halt dann versetzt in die Bezirksparteileitung und da mussten wir mit. Ich war zehn. Zehn Jahre Berlin und dann das.»

Die Pause ist länger, also ist es keine Pause, Hans hat erst mal abgeschlossen.

«Ich kann's mir vorstellen. Ja, ja. Meine Mutter ist keine Schwedin. Sie ist nur aus einem andern Stadtteil gekommen und sie ist heute noch eine Zugezogene. Da brauchste nicht ins Erzgebirge, das gibt's auch in Thüringen.

Meine sind noch zusammen. Aber ich glaub, an eine Scheidung hätten sie nie gedacht. Höchstens zu der Zeit, als ich gekommen bin. 'Wir wollten ja eigentlich keins mehr, aber als es dann a Jung war, hamme uns doch g'freut'. Na ja, ein richtiger Junge isses ja dann doch nicht geworden.»

Wir prusten.

«Aber im Ernst, damals hatten die 'ne Krise. Und als ich dann kam, da gab es einfach keine Wahl mehr. Stell dir mal vor, da waren die beide um die dreißig und da war schon alles gegessen. Von wegen noch mal verlieben oder in Urlaub fahren. Ich krieg die Krämpfe. Ich weiß noch, wie Waschtag war. Als ich klein war, da hatten wir ja noch keine Waschmaschine oder so was. Da hat die tagelang im Keller in der Waschküche zugebracht. Das hat alles gedampft, und ich sollte ja nicht zu nah kommen, weil das alles heiß war. Aber das hat so schön gerochen. Hallo, bist du noch da?»

«Ja, ja, ich hör zu.»

«Jedenfalls denk ich, dass sie sich hätten scheiden lassen sollen. Vielleicht hatte meine Mutter auch ein Verhältnis. Und manchmal habe ich das Gefühl, dass ich gut und gerne von dem sein könnte.»

«Echt? Wieso?»

«Ist komisch, ich hab schon Ähnlichkeiten mit meinem Vater. Da gibt's keinen Zweifel. Ich weiß nicht, wie ich's sagen soll. Kannst du dir vorstellen, dass sich irgendwie in mir festgesetzt hat, dass meine Mutter einen anderen geliebt hat, und dass sie mich lieber von ihm gekriegt hätte? Dass sich das irgendwie in meine Gene so reingeschummelt hat?»

Holger schweigt, ich höre, wie er den Rauch durch die Nase bläst. Meine Zigarette liegt im Aschenbecher. Kalt geworden.

«Kann schon sein. Kennst du ihn? Ich meine, wenn es so war. Hast du ihn gesehen?»

«Klar kenn ich ihn. Der und seine Frau haben meine Eltern ja immer besucht. Und ich konnte die nicht leiden. Ich war dann immer ein ganz bockiges kleines Teil. Vielleicht hab ich da irgendwas mitgekriegt ...»

«Du hast wahrscheinlich mehr mitbekommen, als du weißt. Mehr als deiner Mutter recht sein kann.»

«Ich möcht sie ja fragen. Irgendwann. Ob da mit dem was war, mein ich. Manchmal kam der ja auch sonntagvormittags vorbei. Da war Vati zum Frühschoppen und er kam einfach rum. Und da war ich den beiden wahrscheinlich auch im Weg.»

Jetzt mach ich eine Pause und zünde mir eine neue Zigarette an.

«Vielleicht musst du sie mal fragen.»

«Ich weiß nicht. Ist doch aber auch o.k., wenn sie das Geheimnis behält. Kann höchstens sein, dass es sie quält. Dann ergibt sich das schon mal. Da bin ich mir sicher. Aber fragen werd ich sie nicht.»

Pause.

«Gott, jetzt reden wir schon über unsere Mütter. Ist ja wie bei der Therapie.»

«Ist doch in Ordnung.»

«Rauchst du grad?»

«Hm, du auch?»

«Wär schön, wenn du jetzt da wärst.»

«Hm, selber.»

Wir hören uns beim Rauchen zu.

«Ich kuschel gern mit dir.»

«Hast du schon mal Gras dabei geraucht?»

«Nö. Aber ist bestimmt gut. Irgendwie.»

«Ja», sagt er, «ist irgendwie gut. Ich besorg uns was fürs Wochenende.»

«Soll ich kommen oder kommst du?»

«Komm du mal. Ich weiß doch nicht, was ich mit Pablo machen soll. Wenn der zwei Tage alleine ist, spielt der verrückt und pisst mir in die Wohnung.»

«Echt?»

«Klar. Da kennt der nichts.»

Ich sehe auf die Uhr und drücke die Zigarette aus.

«Boah, halb zwölf. Ist Freitagabend o.k.?

«Ja, komm mal nicht so spät. Vielleicht gibt es was im Kino.»

«Dann schlaf mal schön.»

«Hm, du auch.»

***

In Hinterhöfen wird es später hell. Es regnet, Pablo schleicht umher. Ich höre Hans in der Küche. Meine Armbanduhr liegt auf meinen Jeans, die halb unters Bett gerutscht sind. Halb elf. Ich weiß nicht, wie lange ich schon nicht mehr so lange und gut geschlafen habe. Hans kommt mit einem Tablett und stellt es auf den Tisch. Er hat nur einen Slip an. «Mmh», sage ich, «wer sind Sie denn? Guten Morgen.»

Er lächelt mich an und kommt ans Bett.

«Ich bin der Butler. Womit kann ich dienen?»

«Oh», sage ich, «erst mal bin ich für niemanden zu sprechen heute, die Kutsche muss nicht angespannt werden. Was halten Sie von einem Regensonntag im Bett?»

«Alle Termine sind abgesagt, die rote Zahnbürste ist die Ihrige.»

«Wie aufmerksam», ich springe aus dem Bett, klatsche ihm auf seinen schmalen Arsch und springe ins Bad. Dusche, putze mir die Zähne mit der roten Zahnbürste und summe. Irgendwas Erfundenes.

Kaffeeduft, wir sitzen, auch ich nur im Slip, am Tisch und frühstücken. Pablo streicht an meinen nackten Beinen entlang und schnurrt.

«Hey, Senor Pablo bettelt wohl um Kochschinken.»

Hans sieht nicht mehr so still und traurig aus. Sein Lachen klingt noch etwas ungeübt.

«Also, von mir aus kann es heute regnen», sage ich und kraule Pablo das weiße Fell am Hals. Er schnurrt.

«Haste Lust auf ein Video?»

Hans schenkt mir Kaffee nach.

«Ja, was gucken wir denn? Aber kein Knaller-Baller-Ding, wenn´s möglich ist.»

Hans gibt ein beschwichtigendes «Nö» von sich.

«Kennst du *Babettes Fest*?»

Ich überlege.

«Ist das nicht von Tanja Blixen? Eine Geschichte hab ich da mal gelesen», sage ich und setze hinzu: «glaub ich.»

Das Lächeln von Hans wird etwas breiter.

«Du kennst sie. Ja. Dann holen wir das.»

***

Von Tür zu Tür brauche ich etwa eine Stunde und zwanzig Minuten. Ich steige Schönhauser ein, fahre bis zum Alex und nehme dort die Bahn Richtung Potsdam-Stadt. Der Anschluss klappt. Bis zum Zoo ist die Bahn auch am Sonntagabend voll. Man spürt noch den Schnitt in der Stadt, wenn man sie von Ost nach West oder umgekehrt per Bahn durchquert. In Richtung Zoo werden die Gesten der Menschen ausladender, die Frauen tragen grelleren Lippenstift, es steigen mehr Türken zu und Frauen mit Kopftüchern, andere tragen eng anliegende, rosa Kostüme, Öko-Pullis mit Kind im Tragegurt. Im Westen taucht die Sorte grau gespülter Männer auf, im Zweireiher, mit Goldrahmenbrille, die lässig an der Tür stehen und tote Augen zu haben scheinen. Ihre jüngeren Ausgaben sieht man bereits im Osten. Aber dort scheint es stiller zu sein. Auch in den Nahverkehrsmitteln-West reden die Menschen nicht einfach so miteinander. Das Schweigen, der Missmut und das allgegenwärtige Mißtrauen ist gesamtdeutsch. Dennoch scheint es, dass es im Osten stiller ist, geduckter. Die Männer mit Parteitagsgesicht und Honecker-Frisur, denen ich anzusehen glaube, was sie noch immer denken, Frauen mit festgezogener Dauerwelle, junge Männer mit weißen Söckchen. Mir gegenüber sitzt eine Frau, eine alte Frau. Aber in ihrem Gesicht kann man noch das junge Mädchen entdecken, das sie mal gewesen sein muss. Sie trägt einen kleinen, sportlichen Hut aus hellem Segeltuch und blickt zum Fenster hinaus. Auf ihrem Mund liegt ein Schmunzeln, ihre Augen leuchten. Sie sitzt ganz ruhig, ganz gelassen und schaut zum Fenster hinaus.

Im Nebenabteil lärmt eine Familie. Der Vater trägt Jogginghosen aus Fallschirmseide, die mit etlichen Taschen und Schnallen ausgestattete Jägerweste steht weit offen. Er bekäme sie wohl auch nicht mehr zu. Er hat sich seine Glatze zugekämmt, die Strähnen kleben quer über seinem Kopf. Die Frau mit splissiger Dauerwelle herrscht das Kind an, das auf seinem Sitz baumelt, lümmelt, sich verdreht und Grimassen schnitzt. «Es reicht nu, Kevin, hör uff!»

Sie presst ihre Lippen beleidigt zusammen, ihr Mann atmet schwer, Kevin äfft sie nach und sie klatscht ihm eine. Er schneidet weiter Grimassen, sie blickt zum Fenster hinaus, als gehörte dieser Sohn nicht zu ihr und dieser Mann schon gar nicht.

Die schmunzelnde Frau gegenüber zuckt leicht zusammen, sieht kurz hin, unsere Blicke treffen sich kurz, ihr Schmunzeln scheint etwas heller zu werden, dann wendet sie sich wieder dem Fenster zu.

Für einen wahren Künstler ist es nicht wichtig, wo er seine Kunst ausübt. So ähnlich hat sich Babette am Ende ausgedrückt, nachdem sie den dänischen Provinzlern ein französisches Menü vorgesetzt hat, das den Sektenkindern schier die Sprache verschlug. Ich weinte ein wenig. Hans hielt mich fest.

«Warst du schon mal in Dänemark?», fragte er mich, als er das Video zurück in die Schachtel steckte.

«Nein.»

Hans kam wieder näher und meinte: «Ich würde gern wieder hinfahren. Aber nicht allein.»

Ich würde gern nach Dänemark fahren. Vielleicht mit Hans. Es ist zu früh, darüber nachzudenken. Nach einem Wochenende plant man keinen Urlaub zu zweit. So schnell geht das nicht, so schnell kann das gar nicht gehen. Jedenfalls habe ich das noch nicht so schnell erlebt. Aber ich würde gern. Glaub ich.

Die Mutti geckert etwas zu ihrem Mann, der grunzt gelangweilt, Kevin glotzt mich an, unverschämt und neugierig.

Die Frau sieht mich kurz an, ich erwidere ihren Blick.

So schnell kann das nicht gehen. Aber ich würde gern wieder mal wegfahren. Mit jemandem zusammen. Vielleicht habe ich die Urlaube alleine auch etwas satt. Alleine stirbt man am Strand vor Langeweile, bei andern ist man ein Anhängsel, vielleicht nett und angenehm, trotzdem ein fünftes Rad. In Playa de Ingles langweilt es mich, nur Strand und Disko, vierzehn Tage lang dieselben Gesichter, es sei denn, mit dem nächsten Charter werden neue geliefert, aus Gelsenkirchen, Cottbus oder Landshut.

Um allein in die Berge zu fahren, fehlt mir der Wander-
trieb. Und ganz allein will ich auch nicht sein. Also fahre ich
in eine Stadt. Besuche Freunde in Amsterdam, Zürich oder
Köln. In letzter Zeit zieht es mich immer mehr in die
Schweiz. Dort wohnt Christian und er ist mein bester
Freund. Ich verbringe lieber Zeit mit ihm, als dass ich mich
in anderen Ländern herumtreibe. Keine Lust auf Nordafri-
ka, auf die Türkei schon gar nicht, der Süden und seine
Strände sind nicht mein Ziel – dann eher Übersee, Kanada,
Amerika. Große Länder mit vielen Menschen. Dort kann
ich gut allein sein.

Zum ersten Mal fragt mich jemand, ob wir das vielleicht
machen wollen. Darin bin ich nicht geübt.

Mir fällt auf, dass ich mit noch keinem meiner Männer je
in Urlaub gefahren bin. Nur mal ein Wochenende Ostsee,
ein Wochenende Harz oder ein Wochenende zu den Eltern.
Keine zwei Wochen mit Flug, Halbpension und allem Drum
und Dran. Kein gemeinsamer Plan, was man sich ansehen
könnte, wer die Kasse hat, wer den Wagen mietet und die
Fragen, welche Klamotten denn nun eingepackt werden
müssten. Noch nie. Immer nur Wochenenden. Ich war
zweimal ein Jahr zu zweit und habe immer nur Wochenenden verbracht, genossen oder bin für Wochenenden mitge-
fahren. Ohne großen Plan, ohne «Hast du die Tickets?» und
ohne gemeinsames Kofferpacken, ohne Hotelzimmer. Ich
kenne das Gefühl nicht, zwei Wochen lang mit jemandem in
einem Hotelzimmer zu wohnen. Ob mir das fehlt, weiß ich
nicht. Ob ich das mit Hans könnte – ich möchte es wissen.

Die Familie unterhält sich über irgendeine Oma, Kevin
gaukelt noch immer auf seinem Sitz, die Mutter hat das
Ohrfeigen wohl aufgegeben, und jeder Satz, den sie, ohne
ihn anzusehen, an die Adresse ihres Mannes richtet, klingt
wie ein um die Ohren gehauener Scheuerlappen. Er grunzt.

Ich muss lächeln. Ja, ich kann es mir vorstellen. Wie ich
ihn wecke, ihm einen Kuss gebe, wenn er schläft, um mich

dann schlafend zu stellen, wenn er davon aufwacht und wir kichern. Dann schlafen wir miteinander, ohne vorher zu duschen, küssen uns, ohne das Gefühl, vorher die Zähne geputzt zu haben, weil wir den Geruch und den Geschmack kennen.

Hans hat ein Tattoo auf dem rechten Oberarm. Ein kleines Ornament, von dem er nicht weiß, was es bedeuten soll. Ich habe es mir lange angesehen, als wir nach dem Video und nach der Liebe auf dem Teppich noch einmal eingeschlafen waren. Ich bin aufgewacht und seine Hand lag auf meiner Brust. Da konnte ich die Tätowierung sehen.

Die Frau gegenüber steht jetzt auf, streicht ihren Rock glatt und geht zur Tür. Der Wagen quietscht, die Familie lärmt um irgendwas. Die Frau dreht sich noch mal nach den dreien um, schüttelt leicht den Kopf, ohne mit Lächeln aufzuhören. Bevor sie aussteigt, sieht sie mich an und nickt mir zu. Wie eine Königin, wie die Königinmutter persönlich nach zwei Gin Tonics. Würdig, gnädig und irgendwie anerkennend. Ich nicke zurück und lächle ebenfalls.

Ich glaube, ich würde gern mit Hans nach Dänemark fahren. Ich sage es ihm. Später, in ein paar Wochen, nicht jetzt, nicht sofort. Es ist zu früh, glaube ich jedenfalls, denn ich bin mir nicht sicher. Im Fenster sehe ich mein Gesicht, und zum ersten Mal seit langem finde ich es schön und merke, dass auch ich die ganze Zeit über gelächelt haben muss.

***

Was sollen solche Fragen? Was ist Liebe? Bin ich verliebt? Ich weiß es nicht. Es ist kein Sturm, ich bin nicht vom Blitz getroffen und weiß nicht, dass ich mein Leben mit Hans verbringen will. Vielleicht treffen diese Blitze Menschen um die dreißig nicht mehr, vielleicht bin ich resistent gegen die Naturgewalten, oder blind und taub.

Es wird kein Hollywood-Film gespielt. Bei den Liebesszenen muss ich immer lachen. Jeder weiß, dass sie sich kriegen, die kleine, hübsche Braut und ihr kleiner, hübscher Bräutigam. Ich verliebe mich immer in die Nebenrollen, in die Außenseiter, die alleine sind, die ihr Ding machen und mehr Humor haben als die Hauptrollen. Ich liebe diese Helfer, die dem langweiligen Paar zu einem langweiligen Glück verhelfen, weil das für die zwei reicht, weil es sich nie etwas anderes gewünscht hat als ein Häuschen und Kinder und eine Veranda mit Schaukelstuhl.

Die Nebenrollen sind manchmal weise und klug, sind nachsichtig mit dem dummen Mittelklassepärchen, das noch nichts von der Welt gesehen hat und auch nie mehr davon sehen wird. Nur die Schokoladenseiten. Die Nebenrollen haben Charakter, die Hauptfiguren haben Glück.

Aber die Nebenrollen sind unwichtig, sie finden nie das Glück, weil sie diese Art von Glück vielleicht nicht wollen, nicht brauchen. Oder sie wissen, dass es für sie nicht taugt. Die Helden erwischt es an der linken Schulter. Die Nebenrollen werden — sobald sie ihre Funktion erfüllt haben — ganz ausgelöscht. Abgeknallt. Beim Tod der Randfiguren weint kaum jemand. Obwohl sie eigentlich unentbehrlich sind. Sie sind einzigartig, sie sind die Lebenskünstler.

Sie sind aber leicht und unbeschwert. Scheren sich nicht um die Welt, sondern bauen sich ihre eigene. Ich liebe es, wenn sie sterben, wenn es tragisch ausgeht und das Drehbuch für ihn oder für sie plötzlich den Alltag schreibt, eine kleine unheilbare Krankheit zum Beispiel. Krankenbett, Rückblende, Hände, die sich festhalten. Dann zückt das Kino wie auf Kommando die Taschentücher. Und ich schmunzle. Ich spüre Genugtuung, wenn sie sich doch nicht kriegen, wenn sie Hand in Hand sterben am Ende oder es kein Ende gibt.

Ich weiß nicht, ob ich in Hans verliebt bin. Auf keinen Fall aber würde ich es verneinen. Obwohl ich nicht weiß, ob die Antwort dann «Ja» wäre.

Es ist schön. Es ist normal. Ich kenne die Wohnung, streichle Pablo, der mich mittlerweile kennt und beim Frühstück auf meinem Schoß sitzt. Ich wasche ab und stelle die Teller und Tassen an ihren Platz.

Wir gehen zusammen in den Waschsalon und er sortiert seine Wäsche, dann gehen wir ein Bier trinken und holen die Wäsche wieder. Ich trage seine braune Lederjacke, ihm steht mein blaugrauer Anorak. Wir sehen gut aus. Ich zeige mich gern mit ihm, genieße es, wenn andere uns ansehen, weil Hans ein schöner Mann ist und weil ich in seiner Jacke cool aussehe und er cool aussieht in meinem Anorak. Es ist ein Genuss, ihn anzusehen, wenn er stumm ist und mich nur ansieht. Er ist der erste Mann, mit dem ich gerne auf der Straße bin, von dem ich mich sogar an die Hand nehmen ließe, ohne meine peinlich berührt zurückzuziehen. Obwohl wir beide das nicht mögen. Wir berühren uns nur manchmal, wie nebenbei. Seine Hände sind kräftig und warm. Ich sehe nicht heimlich nach anderen Männern. Es tut gut, ihn zu berühren.

Er ist oft still. Ich versuche, ihn still sein zu lassen. Eine Ahnung beschleicht mich, aber ich will jetzt keine Ahnungen haben. Er spricht nicht über Probleme. Er würde seinen Job gern aufgeben, er müsste längst an seiner Diplomarbeit sitzen, und er hat Schwierigkeiten, seine Telefonrechnung zu bezahlen. Ich kenne die Probleme und er muss wissen, dass ich sie mir anhöre, wenn er darüber sprechen will.

Aber ich sage nichts.

Seine Arbeit befriedigt ihn nicht, seine Diplomarbeit kommt nicht voran, das Geld reicht hinten und vorne nicht. Vielleicht ist das alles. Es würde reichen für den Alltag, das bekämen zwei zusammen hin. Wenn es wirklich alles ist. Ich bin einfach da. Bei ihm. Er soll das wissen. Ich muss es nicht sagen, ihm keine Geständnisse herauspressen. Obwohl, ich ahne, dass da noch etwas ist. Vielleicht ein Geheimnis. Die Art, wie er manchmal meinem Blick ausweicht, die Lider niederschlägt, als wäre er peinlich berührt oder müde.

Was denkst du?

Hast du mich lieb?

Liebst du mich?

Hab ich was Falsches gesagt?

Ist da noch jemand?

Willst du über was sprechen?

Nichts werde ich fragen, keine billige Hollywood-Frage, kein verlogenes Zuckerwasser. Ich zwinge niemanden zur Lüge, ich lass mich nicht anlügen. Dann lieber kein Wort, lieber eine bittere Prise Ungewissheit. Die Unruhe, dass jeden Moment etwas passieren kann, dass einer kommt oder vorbeischaut, dass ein Gedanke, eine Illusion aufbricht und alles, was bisher gewesen ist zwischen uns, kurzerhand für null und nichtig erklärt.

Davor schützt kein Ich-liebe-dich auf der Welt. Nichts.

Wir rauchen. Er hat einen Joint gedreht, ich weiß nicht, woher er das Zeug hat, aber es ist gut. Der Geschmack mischt sich mit Wein, wir küssen uns mit Wein. Ich halte seinen Kopf auf meinem Schoß fest, fahre ihm grob durchs Haar, dann küssen wir uns tief.

Sein Schwanz ist groß und sieht aus wie eine schwere, gutmütige, tropische Frucht. Ich streichle ihn. Er ist zu groß für mich, er hat eine fleischige Vorhaut, die mir weh tut. Aber das ist nicht schlimm, es fehlt mir nicht.

Ich streiche über den kräftigen Rücken, die muskulösen Oberarme, lege meine Hand fordernd auf seinen schmalen, straffen Arsch. Er streckt sich auf den Teppich, ich fange an den Waden an, krieche mit der Zunge hinauf, immer weiter, ziehe ihn auseinander und lecke, schmecke und rieche. Ich liege auf ihm und beiße ihn in den Nacken, halte ihn fest, lege meinen Schwanz zwischen seine Backen, er streckt sie mir hin.

Ich nehme Hans. Er ist nicht dürr, er hat Muskeln. Sein

Rücken ist glatt, und die Spur seiner Wirbelsäule zeichne ich dabei mit der Zunge nach. Ich beiße in seinen festen Rücken, hebe ihn hoch, lege ihn auf den Tisch und dann fallen wir wieder auf den Teppich.

Er sitzt auf mir, ich ziehe ihn zu mir, küsse, halte ihn fest und tobe mich in ihm aus, dass er schwer wird und mir in den Armen schwach wird.

Und ich trinke ihn aus. Er schmeckt bitter, aber ich trinke ihn aus, durstig. Ich küsse ihn damit. Gebe etwas zurück. Dann hält er mich fest, als ich zittere und es mir kommt. Er legt sich auf mich und wir hören uns keuchen und spüren die heftigen Herzschläge.

Die Musik ist aus. Wir atmen uns. Er zieht die Decke vom Bett, hüllt mich mit ein. Ich werde schwer unter ihm. Alles ist er, er sieht mich im Dunkeln an.

Jetzt möchte ich es sagen. Das wäre der Augenblick für ein Geständnis. Aber ich sage nichts. Ich halte ihn fest und streichle seinen Nacken, sein Gesicht an meinem Hals.

Wir schlafen so ein, wir tauchen hinunter. Es ist ein Sinken. Das Gras wirkt, es liegt wie Blei auf den Gliedern. Wir sinken in einen Teich oder in ein ruhiges Meer ohne Dünung. Zwei stolze Schiffe, die müde sind und lächeln. Ich sehe Treppen. Aber ich kann sie nicht hinuntergehen, weil wir im Wasser schweben. Warm ist es und es schmeckt nach Salz. Wir sind sicher und sinken tiefer. Wir könnten jetzt nicht laufen, nirgendwohin. Aber ich sehe das Bild.

Ich lasse ihn jetzt nicht los.

«Siehst du sie? Die Stufen zum Meeresboden. Ich bin grad da.»

«Ja», flüstert er, «ja, mein Lieber.»

Er zieht mich noch fester an sich.

Die Stufen führen vielleicht zu einer Stadt. Aber es wohnt niemand mehr dort. Unter Wasser sinkt man, als würde man fliegen.

Es ist still hier unten. Wir schlafen – Hans und ich.

****

Es ist raus. Hans hat gesprochen. Es geht um keine Diplomarbeit und nicht um den Job bei der Softwarefirma. Dort wollen sie ihn sogar ganztags haben. Hans weiß nicht, ob er das will. Aber darum geht es jetzt nicht.

Hans sagt: «Patrick.»

Wir sitzen im Bad und er spricht von Patrick.

Vielleicht wäre es schön, die Vergangenheit ausknipsen zu können wie einen kleinen Radiowecker. Sie kann sich irgendwann wieder melden, zur eingestellten Zeit, nicht zu früh, nicht einfach so. Sie wäre in Stand-by-Position, vorhanden, aber nicht aktiviert.

Man kann von ihr geweckt werden, später, aber nicht zu früh.

Seinen Ex hätte es zwar gegeben, aber im Moment würde Hans nicht an ihn denken müssen, ihn nicht mit mir vergleichen, sich keine Vorwürfe machen, weil es ja vielleicht doch hätte klappen können, weil er einen Fehler gemacht hat, weil er und Patrick sich zur falschen Zeit am falschen Ort getroffen und am falschen Ende angefangen haben.

Aber ich kenne Verflossene. Ihre Hartnäckigkeit.

Hans erzählt mir, wie alles war. Wie oft sie sich stritten und wieder versöhnten. Dass jeden Abend eine Explosion oder ein Feuerwerk aus Knallern möglich war, Eifersucht, hässliche Worte, Lamentieren um eine beim Waschen vergessene Socke, um Rama-balance und um Sonnenblumenmargarine, um einen Telefonanruf oder einfach um den Abend.

«Ich konnte dann nicht mehr», sagt Hans und streichelt meine Waden.

Wir haben ein System erfunden, mit dem wir gleichzeitig in der Wanne sitzen können. Ich schiebe meine Knie unter seine Achseln, und ich liege zwischen den seinen. Wenn er bis zum Hals eintaucht, sitze ich aufrecht, dann geht mir das Wasser bis zu den Brustwarzen.

«Ich hab's nicht mehr ausgehalten», wiederholt Hans, «jeden Abend haben wir uns gestritten.»

Was soll ich sagen. Hans sagt, dass es alles keinen Zweck gehabt hätte, und doch höre ich, dass er sich diesen Zweck noch nachträglich wünscht, dass er glaubt, alles könne anders werden, wenn nur diese eine Chance noch mal käme. Am Rad drehen, noch einmal alles sagen, aber anders, anders reagieren, richtig reagieren, keine Fehler machen, nicht verletzen und nicht verletzt werden. In die Zeit zurückreisen und alles wiederholen – nur anders. Besser.

Das Glück soll in dem Moment erkannt werden, wenn es vorbeikommt und vor der eigenen Haustür bremst. Nicht erst zurückweichen, nicht erst fragen, um dann seine Rücklichter zu sehen und dem davonjagenden Wagen sinnlos hinterher zu schreien.

Ich habe diesen Patrick längst bemerkt. Da steckt ein Bild im Gedichtband von Erich Fried. Beide – Hans und Patrick – in einem Boot. Lachend. Hans mit seinem verschämten Grinsen, Patrick mit dem Lachen verwöhnter Einzelkinder, mit dem Gesicht des ewigen Jungen, des Sonntagskindes. Ich steckte es zurück. Es steckte bei «Was es ist» und ich legte es zu «Komm gestern zu mir ...».

Bei anderen hängen solche Bilder an der Wand, oder sie werden in das Glasteil der Schrankwand gestellt. Es sind meistens Urlaubsbilder. Am Strand, vor einer bedeutenden Sehenswürdigkeit irgendwo in Europa, in den Bergen, beide mit Wanderschuhen, breit grinsend halten sie sich im Arm wie Louis Trenker und die Geierwally. Es gibt Fotos, wo nur er alleine zu sehen ist. Manchmal ein schlecht getroffenes Passbild, dann wieder Urlaub. Sonnenbraun, blinzelnd, irgendeinen Fisch hochhaltend oder im Profil auf einem nordafrikanischen Basar. Patrick sitzt im Boot.

«Ich glaube, ich hab ihn wirklich geliebt ... aber ...», Hans macht eine Pause, wringt den Waschlappen aus und starrt kurz ins trübe, latschenkiefergrüne Wasser.

»... es ging einfach nicht mehr. Er hat mich kaputtgemacht. Kaputt.«

Was soll ich dazu sagen?

Ich weiß, dass ich diese Sorte von Patricks hasse. Dass ich ihn für einen Schmarotzer mit Knackarsch halte. Er sieht so aus, wie sich der Durchschnittsschwule seinen Durchschnittsprinzen vorstellt. Ein ewiges Bürschchen mit Calvin-Klein-Unterwäsche, die ihm Mutti zu Weihnachten schenkt, ohne zu wissen, für wen der Sohn Designerschlüpfer trägt, wenn nicht für ordentliche junge Mädchen, die blond sind und kochen können.

Die Mutti weiß nicht, dass der nette Patrick mit Männern fickt, sich aushalten lässt, sich in Darkrooms rumtreibt und in seinem Zimmer Pinups überm Schreibtisch zu hängen hat, die er abnimmt, wenn sie ihn besuchen kommt.

Der kleine Patrick ist achtundzwanzig und hat seinen Eltern noch nicht gesagt, dass ihr einziges Kind schwul ist und voraussichtlich keine Familie gründen und ins 1988 fertig gestellte Heim im Sachsen-Anhaltinischen ziehen wird. Sonst hätten sie dem Kleinen wohl nicht den Audi finanziert, ihm den monatlichen Studienscheck geschickt, ihm was zugesteckt, nach dem familiären Mittagessen an jedem zweiten Sonntag. Vater hätte womöglich seine Verbindungen bei der Interflug nicht spielen lassen und das Bankkonto des kleinen, zauberhaften Patrick wäre jetzt nicht so dick wie es dick ist.

Zumal er in einer WG am Prenzlauer Berg wohnt, zweihundert Mark Miete zu bezahlen hat und eh nur unterwegs ist. Braun gebrannt, mit einem Dauerlächeln versehen, nicht zu viel und nicht zu wenig behaart, so dass er für die einen als Mann, für die anderen als Bursche durchgeht. Alles ist falsch an diesem Patrick auf diesem Boot. Niemand kann dem Prinzen Patrick widerstehen. Außer mir.

Den Rest weiß ich von Hans.

Ich sage Hans jetzt nicht, dass wir uns noch nicht gestritten haben, weder im Auto noch in seiner oder meiner Wohnung, nicht am Strand und nicht im Bett. Ich sage, dass ich nicht weiß, was ich sagen soll, weil ich es wirklich nicht weiß und jedes Wort im nächsten Moment ein Plädoyer für diesen kleinen, wunderhübschen Patrick-Prinzen sein kann, dem alles zufällt. Dem jeder hinterherrennt. Auch Hans.

Da wirkt kein Gift. Nichts kann ich tun, nichts kann ich sagen gegen diesen falschen Prinzen. Ein Wort von mir, und Patrick wird noch schöner. Die Zeit mit ihm noch verlockender. Unerfüllte Liebe hält länger. Sie spielt mit nicht eingelösten Versprechen. Und mit der kleinen Hoffnung, dass sie eingelöst werden – eines Tages.

Aber Hans muss ihn selber in sich töten. Ich räume das Feld nicht. Nicht diesmal. Nicht schon wieder.

Ich werde bleiben. Und ich werde Hans ansehen. Ihn küssen, mit ihm kochen, ihm Bücher mitbringen, Videos ansehen, ich werde Pablos Katzenklo sauber machen und Hans zuhören am Telefon, ihm durch den Hörer schöne Lieder vorspielen, Geschichten vorlesen, ihm erzählen, ihn fragen, nachsichtig sein und schön, gutaussehend, ich werde sein Wunsch werden, sein Gegenüber, sein Daneben und Darunter, Für und Wider, als ob und ob, wenn es sein muss, werde ich ihn viermal am Tag – auch ohne Gummi – ficken, ihn aufgeilen und runterholen, ihn trinken, saufen lassen, in ihm kommen und es in mir spüren, ihn drinnen und draußen nehmen, dass er nichts anderes mehr weiß. Ich werde bleiben, aber ich werde nicht von Patrick sprechen, weil ich diesem Patrick den Gefallen nicht tun will.

Also, kein Wort. Ich werde den ewigen Gewinner besiegen. Ohne Zweikampf.

Vielleicht hat Hans das jetzt gehört. Dass ich schweige, dass ich ständig Wasser in die gelbe Ente gepumpt und wieder ausgespritzt habe. Vielleicht hört er, dass es still ist in diesem Badezimmer. Er sieht mich an und seine Stimme ist ruhig und tief.

«Ich kann im Oktober eine Woche frei nehmen. Wie sieht's bei dir aus?»

«Dänemark?»

«Ja», antwortet Hans, «Dänemark.»

Und jetzt lächelt er. Die Ente quietscht und spritzt das grüne Wasser in sein Gesicht. Dann schnappt er mich und wir küssen uns.

KOLJA MICHOVSKI

OHNE ABER

Ich bin ein ehrlicher Mann. Was ich denke, sage ich, und was ich sage, explodiert.

Da saßen wir zum Beispiel bei Jeremia. Samstags war bei Jeremia Brunch, und wer nicht kam, bei dem verhinderten es entweder besondere Umstände oder das Veto der Clique. So wurde eine Zeit lang Rippenberger ausgeladen, weil er Jeremia Newtonschwuchtel genannt hatte. Auf unseren Jeremia ließen wir nichts kommen, er war nicht nur Gastgeber, er war eine Koryphäe, ein Genie.

Er hatte die Geschlechtsmerkmale fliegender Untertassen berechnet, irgendeinen arithmetischen Blödsinn, ein Simsalabim aus der darwinistischen Märchenkiste. Mit glänzenden Augen saß Jeremia vor dem Laptop, redete und schlug sich die Brust.

Ich sah und schwieg.

Das Ganze war ein Auftritt für Gregor, den Aknejüngling, der mit seinem besonders aufreibenden Beruf — ich hörte nicht hin, und später hätte ich mich gehütet, Jeremia zu fragen — Geld für die Privatrente verdiente. Jeremia strahlte ihn an, obwohl bei unseren Brunchs Paarungstendenzen Allergien auslösten. Erstaunlich, dass jeder, dem man's nicht zutraut, seinen Kontrahenten findet.

Gregor gehörte nicht zu uns. Er blieb passiv wie ich. Doch ich war es mit einem Magister in der Tasche. Während mir deshalb Intelligenz unterstellt wurde und meine Meinung gefragt war, schlich er umher und bestaunte Jeremia wie das Ungeheuer von Loch Ness.

Jeremia hatte mit seinem Brief an den Senat für Furore

gesorgt, und darin vorgeschlagen, die Körperöffnungen der Ufos an Privatinvestoren zu verkaufen. Endlich eine Idee, um öffentliche Haushalte zu sanieren! Er bekam keine Antwort, aber unseren Beifall und einen Anruf: Möchten Sie in der Talkshow «ich bin ein Außerirdischer, na und!» plaudern? Allgemeines Kreischen bei den Brunchgästen. Jeremia dachte ernsthaft nach, hatte er Wörter wie na und! oder plaudern nötig, und er wusste, er hatte es nicht. Dass es vernünftiger wäre, zu Hause zu bleiben und zu rechnen.

Daraufhin fielen alle in Ohnmacht: Er pfiff auf eine Chance, zum wievielten Mal! Hier saß er mit seiner Genialität herum, seit Jahren, im Parterre der Reichenberger Straße. Dort könnte er Außerirdische kennen lernen, zum Mars fliegen, mit Zwischenlandungen in New York, Sydney, Capetown!

Jeremia blieb beim Nein und behauptete, die Finanzsenatorin habe schon ein Expertengutachten angefordert, das den Verkauf der Körperöffnungen prüfte; die eine Partei würde für sofortige, die andere für Versklavung in Etappen plädieren. Veronika Loller lachte, man wisse beim Senat doch nicht, was Öffnung sei.

Doch Jeremia dachte an mehr, an die Rückkehr in das Zeitalter der Leibeigenschaft, der Fortschritt frisst sich selbst auf, wie immer.

Und das alles brachte ein einziger Brief von Jeremia voller Zahlenspielchen zu Stande.

Ein Bekannter von uns, der Maler Gustav von Sukalski, überraschte mit anderen Neuigkeiten: dass Prinzessin Diana in seiner Wohnung aufgetaucht sei, als Transe und gepierct, dass er seitdem vor der Staffelei völlig geistesabwesend sei und von majestätischen Manieren keine Rede sein könne. Zur Zeit übernachte sie im Sling. Und dann weinte von Sukalski, weil kein Paparazzo vor seiner Wohnung lauerte.

Aber Jeremia schoss an jenem Samstag den Vogel im Ich-bin-verrückter-als-ihr-Spiel ab.

Es kam der Tag, da er sich allen Ernstes für das Rosa Stipendium beworben hatte, um über Ufos zu promovieren.

«Ich heiße Jeremia», erklärte er dem Kuratorium. Seinen Namen, Jörg Lehmann, leugnete er, und behauptete, einen Jörg Lehmann kenne er nicht. Denn es fiel ihm schwer, zuzugeben, dass er Jörg Lehmann hieß. Einstein, von Däniken, Jeremia – das klang viel versprechend. Jörg Lehmann nicht. Bei dieser Gelegenheit kam etwas Entsetzliches ans Tageslicht: Jeremia hatte sich auch um ein Stipendium der Adenauerstiftung bemüht. Und das war durch nichts wieder gutzumachen, Hochverrat, und die Rosa Stipendien gingen flöten.

Das alles berichtete uns Rippenberger, als er beim Brunch wieder auftauchte, und er durfte bleiben und am Joint ziehen. Rippenberger hatte im Rosa Gremium gesessen und angeblich als Einziger für Jeremia plädiert.

Einmal winkte Rippenberger ab und sagte, niemand solle ihm etwas erzählen. Um in einen Walfisch geschleust zu werden, hatte Rippenberger sich bereit erklärt, zu spitzeln, aber er fügte gleich hinzu, dass er nur unterschrieben habe, in Fischen zu spionieren, für den Rest des Universums hätte er sich nicht verpflichtet.

Auf dem Festland schrieb Rippenberger für ein Dreckblatt. Er erfand Horoskope, Bingo-Zahlen, Leserbriefe und Artikel, vier bis sechs Sätze lang, mit Überschriften wie «Fisch fesselte Taucher – beide tot». Vom Rosa Gremium und der Fischspionage durfte dort niemand etwas wissen.

Seitdem sind Monate vergangen.

Vorbei sind die Lästereien über Rippenbergers Fisch-fesselte-Taucher-Artikel, über Jeremias Mathematik, über Schizo-Sukalski, vorbei die Samstage, da Jeremia behauptete, er habe Erzbischof Dyba in der Apollo-Sauna gesehen.

Mich haben solche Geschichten schon damals gelangweilt.

Das ganze Geheimnis bestand doch nur darin, genügend

Abwesenheitskraut in den Tabak zu krümeln. Samstags redeten wir uns ein, zwischen Freunden zu sitzen und machten so einen drauf, dass die Mieter von der gegenüberliegenden Seite der Reichenberger Straße regelmäßig die Polizei holten.

Wir – das waren Jeremia und ich, eher geduldet als gemocht, dann Veronika Loller, eine Schlagersängerin, die vierzig war und mindestens ebenso viele Ringe in den Ohren trug, mit ihrem fünfjährigen, widerstandsfähigen Sohn Benjamin, der hinter der Spanischen Wand schlief, unbeeindruckt von Lachsalven und dem Krach aus den Stereoboxen, dann Rippenberger, unser Fischfiletspitzel, zuerst verliebt in Gustav von Sukalski, dann in andere Maler, die sich mit Francis Bacon verglichen, sobald sie ihre Fäkalienkunst im Café Anderes Ufer ausgestellt hatten, weiter: Gerhard Grind, Lyriker, ein Fakt, der Mitleid erregte, außer bei mir: Einmal wollte Jeremia dem kalkblassen Gerhard ein Kompliment machen und meinte, sein neuer Gedichtband sehe schön aus. Worüber er denn so reime?

Ich sagte: «Über sein Coming-out, seit dreißig Jahren. Gerhard, ist es nicht erbärmlich, immer nur der schwule Jammerlappen zu sein? Warum schreibst du nie etwas anderes?»

Alle wurden aus unerfindlichen Gründen verlegen. Rippenberger, mein Intimfeind, schüttelte den Kopf, und Jeremia streichelte Gerhard die Schulter.

«Schwamm», sagte von Sukalski – alle nannten mich Schwamm, damit machten sie sich über meine Figur lustig –, «Schwamm, es reicht.»

Was hatte ich denn Schlimmes gesagt? Die Wahrheit.

Zu uns gehörte noch Andreas Salbner, mit traumhaft schmalen Hüften und schwarzem, gelnassem Haar, vierundzwanzig Jahre. Andreas führte sich wie eine Nutte auf, eine Berufskrankheit, er jobbte in einer Werbeagentur. Er erschlich sich Jeremias Sympathien, in dem er ständig mit seiner spermatösen Inkontinenz prahlte und Geschichten erzählte, die, abgesehen von Jeremia, niemand hören wollte. Einmal lieh Jeremia ihm Geld. Daraufhin verschwand Andreas von der Bildfläche, tauchte schließlich mit Augenringen und rasiertem Schädel wieder auf, gab Jeremia das Geld zurück (Na, seht Ihr! triumphierte Jeremia) und erzählte, er habe im Krankenhaus gelegen und würde verrentet werden.

Jeremia schloss ihn daraufhin noch mehr in sein Herz. Veronika Loller verschaffte ihm den Putzjob in einem Penthouse, das sich als Domizil des berühmten Countertenors Steffen Pawolski entpuppte. Und einige Zeit war Andreas bei dieser Drossel unser Kundschafter, er berichtete, wie es in Pawolskis Schlafzimmer aussah, was er im Nachtschrank verstaute, schon darüber würden unsere Kreditkarten jauchzen. Und dann erzählte er noch, dass Pawolski eine Litfasssäule als Dildo benutzte.

Aber Andreas vernachlässigte sich, rannte von einem Lasterloch zum anderen, verplomperte sich wahllos und teilte uns schließlich mit, dass Pawolski ihn hinausgeworfen habe, weil er seine Stacheldrahtstrapse vermisse.

Seitdem schleppte Andreas immer neue Männer bei Jeremia an, öffnete seine Hose und setzte sich auf seinen Begleiter oder uns. Wir – der Fischfiletspitzel, ich, selbst Gerhard Grind – machten gute Miene zum Spiel. Nur auf Jeremia setzte er sich nie, Jeremia genoss Immunität. Und außerdem war da Gregor, über den Andreas sich nicht so lustig machte wie über uns.

Ein einziges Mal nahm Andreas auf Gregor Platz, und Gregor wurde mit dieser Situation buchstäblich physisch und psychisch überfordert, er sah erbärmlich aus und sagte laut und deutlich: «Ihr werdet euch noch wundern».

Dann nahm er einen Stift und kritzelte etwas auf einen Zettel, den er sofort verschwinden ließ.

Die folgende Woche telefonierten, faxten und e-mailten

wir deshalb hin und her. Alle waren nervös und konnten sich überhaupt nicht mehr beruhigen. In unser fröhliches Nest war eine Gefahr eingedrungen. Jedenfalls hoffte die Clique, dass Gregor uns am nächsten Samstag erspart bleiben würde.

Aber Gregor kreuzte wieder auf, wir hockten da in völliger Verlegenheit, und auch er blieb wie selbstverständlich sitzen und rührte sich nicht von der Stelle.

Veronika Loller – die unbedingt jeden Menschen davon überzeugen musste, wie interessant wir seien, dauernd brachte sie gute Bekannte mit, die uns angrinsten – Veronika Loller also brach als erste den Bann, plauderte eine Stunde lang mit Gregor und verkündete anschließend, Gregor sei einfach nur ein einsamer und trauriger Mensch.

Jeremia mischte sich in das Gespräch ein, und heraus kam was weiss ich für ein Kauderwelsch:

«Ich kann meinen Vater nicht leiden», sagte die Loller, «seit er mich im Kohlenkeller eingesperrt hat, als ich drei Jahre alt war.»

«Ich hätte ihn darum gebeten», erwiderte Gregor.

«Vronis neue CD ist Klasse, was?», warf Jeremia ein

«Nicht meine Musik. Und die Stimme – als würde eine Zicke auf Blech pinkeln.»

Wir alle sahen gespannt zu Veronika Loller hinüber, die auf ihre schneidende Stimme sehr stolz war. Sie gurgelte täglich dreimal zwanzig Minuten lang mit Jim Beam. (Gurgeln Sie mit Whisky, und Sie landen in der ZDF-Hitparade!) Aber die Loller schüttelte ihre blondierte Mähne, lächelte und ließ sich nichts anmerken.

Gregor holte tief Luft und sagte wieder: «Ihr werdet euch noch wundern».

Den ganzen Abend waren wir mit Einzelfallhilfe beschäftigt, doch entweder standen wir unter Schock, oder Gregor war an jenem Samstag einfach cleverer als wir.

Statt der gewohnten Interviews, die wir schon öfters mit

anderen Gästen zelebriert hatten – mit der Wahrsagerin zum Beispiel, die Rippenberger angeschleppt hatte, oder den Jugendlichen, die auf der Straße stehen blieben, durch das Fenster hineinkletterten und uns Rede und Antwort stehen mussten –, statt dieser Befragung verlief diesmal alles anders: Eine Stunde lang hielt Gregor einen Vortrag darüber, wie schön es bei der Armee gewesen sei, ohne dass jemand darüber lachte. Und als von Sukalski ein «Ja, aber –» hervorbrachte, verbot Gregor das Wort «aber».

Dieser Samstag war die reine Folter, wir alle fühlten uns nicht wohl in unserer Haut. Andreas Salbner ließ seine Hose geschlossen und setzte sich auf keinen einzigen Mann, und Gerhard Grind kletterte nicht auf das Fensterbrett, um «rektale Oden» zu rezitieren, nur ich fragte Gregor immer wieder, was ihn an Kohlenkellern und Armeen faszinieren würde.

Gregor runzelte die Stirn, sah mich an und verhaspelte sich. Mir konnte er nichts anhaben. Ich sagte «aber», so oft ich wollte. Ich kann nicht einmal sagen, dass er mir unsympathisch war. Außerdem war ich der Einzige, der sich in das hochtrabende Gespräch zwischen der Loller, Jeremia und Gregor einmischte. Veronika Loller fragte Gregor mit mütterlichem Ton, was seine Generation an Tekkno faszinieren würde. Und Jeremia wollte wissen, ob er bei der Armee auch mal verliebt gewesen sei.

«Bei der Armee geht alles auf Befehl», sagte Gregor, «Strammstehen. Schießen. Sich verlieben.»

Da wollte ich gleich wissen, wie man das macht, sich auf Befehl verlieben.

Aber Gregor scherte sich einen Dreck um Antworten, er trumpfte ohne Rücksicht auf Verluste mit Bemerkungen auf, dass wir hier nicht mehr lange feiern und uns vielleicht bald anderswo sehen würden.

Schon kurz nach Mitternacht verließen wir Jeremias Wohnung. Nur Gregor und Jeremia blieben.

Und Jeremia erklärte – diese Aussage wurde uns per Handy übermittelt –, Gregor sei der interessanteste Mann, der ihm seit sieben Sommern begegnet sei. Aber das war bloß die Zeile aus einer Schnulze der Loller. Jeremia rückte die Sache später in ein anderes Licht und sagte, die Nacht sei friedlich ausgeklungen.

Denn bei seinem zweiten Besuch hatte Gregor unsere Ausweise verlangt, und nur Jeremia und mich nicht aufgefordert, «ein gültiges Dokument» vorzulegen.

Zuerst nahm ihn niemand ernst. Gustav von Sukalski prustete sogar.

Nur Özmir Bürüglü, ein Stricher, der alle paar Wochen auftauchte und nicht zu unserer Clique gehörte, erschrak, kramte in seiner Jacke und hielt Gregor seinen Pass hin.

«Bürüglü, geboren in Berlin», las Gregor und grinste, «wieso Berlin?»

Während Gregor «das Dokument» studierte, fragte der arme Özmir, wo hier die Toilette sei. Er verschwand und kam nie wieder, was Gregor überhaupt nicht zu jucken schien. Auf Özmir hatte er es offenbar nicht abgesehen.

Ich war sehr gespannt, wie der Fischfiletspitzel reagieren würde.

Er benahm sich diplomatischer, als ich befürchtet hatte: Als Gregor die Musik ausschaltete, konnte Rippenberger nicht weiter allein tanzen und auf Ekstase machen. Einen Moment lang sah er irritiert auf, dann murmelte er etwas von «verdammt schlechtem Sound» und setzte sich in die Ecke neben Gerhard Grind.

Gerhard war der Einzige, der die Fassung nicht verlor, er erhob sich, ging auf und ab, zückte das Handy. Gregor schlug es ihm aus der Hand und fragte, ob ihn hier niemand verstehe.

Gerhard behielt die Nerven, fingerte an seinem Portemonnaie herum und rief: «Visa, die Freiheit nehm ich mir!»

Jetzt begannen alle, sich einen Jux daraus zu machen:

Andreas Salbner reichte Gregor seinen Bibliotheksausweis, Veronika Loller hielt ihr Autogramm hin, und Gustav von Sukalski wedelte mit einer Eintrittskarte des City-Man-Kinos.

Mir und Jeremia aber reichte Gregor Visitenkarten und sagte: «Nun wird es aber mal Zeit, dass Ihr Mutter und Dresden kennen lernt.»

Ich erinnere mich gut: Plötzlich wurde ich steif vor Entsetzen. Warum Jeremia? Warum Jeremia und ich? Was wurde hier gespielt?

Zum ersten Mal fuhr ich schon kurz nach Mitternacht vom Brunch nach Hause, mit Magenschmerzen. Diesmal brauchte ich kein Taxi und erwischte noch die U-Bahn. Zu Hause entdeckte ich, dass mein Goldfisch den Samstag auf seine Art gefeiert hatte: Er war aus dem Aquarium gesprungen, um den Fernseher anzustellen. Ich fand ihn tot auf der Couch und vor flimmerndem Bildschirm, auf dem «Mädchenschulreport» gezeigt wurde.

Ein treffendes Bild; ich hatte gerade meine Stelle als Aushilfslehrer an der Volkshochschule aufgegeben, sie brachte nichts ein. In den Kursen saßen Analphabeten, die von Habilitationen träumten.

Später lenkten mich Videokassetten ab. Ein Film hieß «Bob Mason – Pausen im Büro». Ein gut bestückter Praktikant, der Gregor erstaunlich ähnlich sah, trieb es auf Schreibtischen in Manhattan, Las Vegas und Malibu. Ich war fasziniert: Ich sollte glauben, dass «Bobby», der blondierte Idiot, Karriere machte, in dem er Maklern, Börsianern und Managern seinen Arsch hinhielt, wo doch jeder weiss, dass Karnickelallüren heute selbstverständlich sind. Als ob man damit Karriere machen konnte! Pornografie ist kommunistisch, wirklich. Sie versucht mir einzureden, es gäbe Gleichheit und Gerechtigkeit beim Sex. Und immer, wenn den Regisseuren nichts mehr einfiel, vergrößerten sie die Anzahl der Orgienteilnehmer.

Bob sah wie Gregor aus. Ich hätte schwören können, dass es Gregor war.

Die Loller hatte vorgeschlagen, die nächsten Samstage «an einem ruhigeren Ort» zu verbringen. Sie lud nach Dahlem ein. Doch dort kam kaum eine Unterhaltung zu Stande. Ihr Sohn Benjamin weigerte sich zu schlafen, quäkte und war absolut auf jeden, der mit seiner Mutter redete und tanzte, eifersüchtig. Deshalb wurde beschlossen, Benjamin samstags in die Reichenberger Straße zu verfrachten, wozu ich bemerkte, dass es dem Jungen sicher gut tue, mit Jeremia und Gregor in einem Bett zu schlafen.

Überhaupt sank die Stimmung damals auf den Nullpunkt: Die Loller erzählte, dass Benjamin schon komponieren, texten und arrangieren würde. Und wie sehr sie sich auf sein Coming-out freue. Dann mussten wir eine Kassette mit ihren brandneuen Schnulzen ertragen. Jede Strophe eine Beleidigung am Rand der Debilität. Schlager und Liebe existieren, solange Menschen den Verstand nicht aushalten.

Über unsere Clique war die Zeit hinweggeflogen.

Ob nun zwei, drei oder fünf Jahre mit unseren Brunchs vergangen sind ...

Aus Rippenberger, dem gelockten Adonis, wurde ein Lügenmaul mit Doppelkinn, der Besitzer einer Eigentumswohnung und schließlich ein Alkoholiker. Gerhard Grind, der vom Büchnerpreis und dem Suhrkamp Verlag träumte, las ab und zu im Buchladen Prinz Eisenherz. Jeremia war ein Genie mit Mundgeruch und Veronika Loller eine Mrs Ramschregal geworden. Aus dem rebellischen Gustav von Sukalsi wurde ein grau melierter Bock in speckiger Lederhose. So sah der inspirierte Künstler aus, der die neunziger Jahre verpasst hatte.

Ich stieß ihn in die Seite und fragte, ob er wisse, warum Jeremia Gregor nicht mitgebracht hatte.

«Schwamm, du solltest den Dealer wechseln», rief Jeremia herüber.

«Stimmt es, dass Gregor ein künstliches Auge hat?» Ich ließ nicht locker.

«Der kann nicht anders», sagte von Sukalski zu Jeremia, und auch der Fischfiletspitzel musste seinen Kommentar abgeben, er nannte mich Lady Lätta, eine schwache Metapher von Gerhard Grind wiederholend. Andreas Salbner und Veronika Loller kamen gerade aus der Küche.

«Vroni», sagte ich, «Kannst du Jeremia nicht ein paar Laken borgen? Er hat doch nichts, worauf er mit Gregor schlafen soll.»

«Vielleicht Benjamins Kinderbettwäsche?» schlug die Loller vor.

Da beschlossen wir, lustig zu sein, ach, was lachten wir einmütig und setzten uns an den Tisch. Ich hatte meine Rolle gespielt, jetzt war Rippenberger an der Reihe, der mit Gerhard Grind ein Palaver über Rosa von Praunheim anfing. Praunheims Kitschfilme wurden auf Überseeflügen gezeigt, damit die Leute beim Abheben und Landen gähnen und ihren Druck von den Ohren befreien. Gerhard Grind winkte ab, doch Rippenberger sagte, er werde Praunheim nicht kritisieren.

«Rippenberger, schreib doch mal in der Fisch-fesselte-Taucher-Zeitung über Gerhards Gedichte», sagte ich ganz harmlos, und Rippenberger druckste herum, murmelte, das gehe nun mal nicht.

«Ich brauche kein Lob», erklärte Gerhard Grind dickköpfig, aber niemand interessierte sich für dieses Thema.

Jeremia und von Sukalski sprachen leise miteinander, ich konnte mir schon denken worüber; dass Gregor gerade in Dresden seine Sachen packen und in die Reichenberger Straße ziehen würde.

«Jeremia, dir gefällt Dahlem?», fragte ich. «Vielleicht ziehst du mit Gregor hierher, und Vroni und Benjamin bringt ihr woanders unter? Sie brauchen nicht viel, die Sachen könnt Ihr auch behalten.»

«Vollidiot», rief Jeremia, «ich halte das nicht mehr aus.»

«Das wird ja immer schöner», fügte die Loller hinzu.

«Schwamm, seit wann bekommst du Sozialhilfe?», erkundigte sich Gerhard Grind scheinheilig.

«Lasst ihn», meinte Rippenberger und traf damit den Nagel auf den Kopf.

Ich ging ohne ein Wort in den Flur, nahm meine Jacke, schlug die Tür hinter mir zu. Auf der Straße musste ich mich nicht umdrehen, ich wusste auch so, sie starrten mir nach. Das war mein Triumph! Ich lachte laut, suchte in der Jackentasche Gregors Visitenkarte, nahm den Bus zum Bahnhof, fuhr nach Dresden.

Einen Monat später sind wir in unsere neue Wohnung gezogen, Gregor und ich.

IM GABOR-FANCLUB

Stellen Sie sich vor, Sie hockten in einem Fitnesstudio auf der Butterfly-Maschine und trainierten ihre Brüste. Sechs Sätze mit je zwölf Wiederholungen. Sie werden ahnen, dass so was recht eintönig sein kann. Stundenlang immerzu von eins bis zwölf zu zählen kann, wie ich finde, kaum dazu geeignet sein, Kurzweil oder gar helle Freude aufkommen zu lassen. Diese Form der Körperertüchtigung lässt sich nur dann einigermaßen erträglich gestalten, wenn man zwischen den einzelnen Sätzen ein entspannendes Schwätzchen halten kann.

Was aber, frage ich Sie, soll man tun, wenn man völlig neu ist in einem Studio und noch überhaupt keine Seele kennt? Richtig! Man kuckt ganz dezent zu den hübschesten Modellen hinüber und fragt sich immer wieder fassungslos: «Mein Gott, was sieht der gut aus! Wie hat der das bloß geschafft?»

In meinem neuen Kreuzberger Studio war ich gerade mit solchen Anhimmeleien und dem entnervten Mitzählen der eigenen Wiederholungen beschäftigt, als die Studiotür aufging und ein Schlaganfall von Kerl die Halle betrat.

Groß gewachsen war er, stark und schlank, mit breiten Schultern und schmalen Hüften, einem so harmonisch austrainierten Körper, dass mir dazu nur noch dies einfiel: Den musste seine Mutter hier im Studio entbunden haben!

Vom Typ her war er eine erregende Mischung aus Trans-Anatolien und Neukölln: Schwarz glänzendes, glattes Haar, dessen Fülle durch einen wohlsitzenden Scheitel geteilt war, leicht olivbraune Tönung der Haut, und dann so ein sinnlich-männliches Gesicht, dass einem der Atem stockte – ein Mann, durch den mir wieder mal so richtig klar wurde, warum ich eigentlich schwul war.

Verwirrt ließ ich für einen Moment die Butterfly-Bügel sinken und gab mich seinem Anblick hin, sah zu, wie er auf eines des Laufbänder stieg, sein Handtuch über die Stange warf, die Daten einstellte und dann mit dem Laufen begann.

Doch das Leben geht weiter – irgendwann hat man genug vom Bewundern. Eine gute Stunde später war ich mit meinen Übungen fertig, setzte mich zur ersten Entspannung an die Studiobar, trank einen schwarzen Kaffee, blätterte in einem der herumliegenden Hochglanzmagazine und bereitete mich auf den Heimweg vor.

Als ich später dann unter der Dusche gewesen war und eben vor den Spiegeln in der Umkleide damit begann, mir die Haare hochzuföhnen, geriet ich wegen des Föhngeräts fast in eine Krise: So matt war sein Gehauche, dass ich in drei Tagen noch hier herumstehen würde, um meine Haare trocken zu legen. «So ein asthmatisches Mistding!», schimpfte ich. «So was kann man doch nur noch in den Müll schmeißen!»

Ich hörte, wie jemand über meine Worte lachte. Offenbar war ich nicht allein. Ich drehte mich um, mir stockte fast der Atem, denn ich sah jenen umwerfenden Typ aus der Halle zwischen den Schränken hervortreten. Ein belustigtes Grinsen im Gesicht, so kam er auf mich zu, schwarze Jeans, schwarzes Hemd, schwarze Lederjacke, Sporttasche lässig in der Hand, offenbar schon bereit für den Heimweg.

«Warte, ich geb dir meinen Föhn, der geht besser», sagte er.

Er setzte seine Tasche ab, zog den Reißverschluss auf, holte aus ihren Tiefen ein kleines handliches Föhngerät heraus und reichte es mir.

«Das ist aber nett!», war das Einzige, was mir zu sagen noch einfiel. Und während ich den Stecker in die Dose drückte, das Gerät ansprang und meine Haare in Windeseile trocken wurden, drehte sich der Typ ein wenig ab und wartete, bis ich fertig war.

«Der sieht ja nicht nur umwerfend aus. Der ist auch noch richtig nett!», dachte ich und lächelte ihm kurz zu, als er sich einmal umsah und zu mir hinblickte. «Schwul kann der aber nicht sein, so unbefangen, wie der zurücklächelt».

So hatte es begonnen.

Am übernächsten Tag um die gleiche Zeit traf ich wieder auf ihn. Wir grüßten uns, machten uns bekannt und ich erfuhr, dass er Gabor hieß. «Drei Stunden täglich bin ich meistens im Studio», erzählte er. «Manche Tage gehe ich auch zweimal hin.»

Während wir nun manche Geräte abwechselnd benutzten, zwischendurch ein wenig über dies und jenes plauderten, verging die Zeit wie im Flug. Auch erfuhr ich mehr über ihn. Er war vor einiger Zeit nach Kreuzberg gezogen, wohnte mit seiner Mutter und deren Kanarienvogel in einer kleinen Wohnung ein paar Straßen vom Studio entfernt, suchte nach einem Job als Cheffahrer, wie er es ausdrückte, und hatte viel Zeit. «Ein angenehmer Typ», so empfand ich ihn, «unkompliziert und kumpelhaft».

Über ihn lernte ich in den folgenden Wochen weitere Leute im Studio kennen. Zum Beispiel Jürgen. Das war ein sehr junges Modell, noch nicht mal zwanzig, beinah so breit wie hoch und fast jeden Tag heftig an den Geräten tätig. Irgendwie, so kam es mir vor, schien auch er von Gabor beeindruckt zu sein. Nach fast jeder seiner wuchtigen Übungen kam Jürgen zu ihm gelaufen und fragte atemlos an, ob er auch wirklich alles richtig mache. Und immer, wenn Jürgen an der Hantelbank herumwirkte, musste Gabor sich hinter ihn stellen und mithelfen, die schwer lastigen Gewichte bei den letzten Wiederholungen nach oben zu ziehen.

Gabor schien diese Anmache ein wenig auf den Keks zu gehen. Aber dennoch ertrug er sie mit Gleichmut. Manchmal schien es mir fast, als wolle er zu Jürgen sagen: «Nun übertreib es mal nicht, meine Kleine!», und ihm gleichzeitig einen aufmunternden Klaps auf den Po geben, ehe er ihn dennoch hilfsbereit an das betreffende Gerät begleitete.

So was machte mir Gabor angenehm.

Dass Jürgen flammend in ihn verliebt war, das merkte ich eines Tages, als ich mich bereits auf dem Heimweg befand und auf der Straße vor dem Studio fast mit Jürgen zusammenstieß.

«Ist er da?», stieß er so erwartungsvoll hervor, als wäre er die ganze Strecke von Rudow noch Kreuzberg gerannt, nur um Gabor nicht zu verpassen.

Über Gabor lernte ich auch Erwin kennen. Der schnitt ihm alle paar Wochen die Haare. Als Nebenverdienst, von dem beide was hatten. Gabor, weil er wenig Geld hatte und Erwin, weil er etwas dazuverdienen konnte. Erwin war es übrigens, der irgendwann, als ich von Gabor sprach, zu mir sagte: «Willkommen im Gabor-Fanclub!»

Nach etwa drei oder vier Monaten hatte ich mich mit Gabor ein wenig angefreundet. Wir telefonierten gelegentlich, gingen schon mal nach dem Studio zusammen einen Döner essen, ab und zu ins Kino, oder, bei schönem Wetter, am Landwehrkanal einen Kaffee trinken.

Selbstverständlich fragte ich mich, ob Gabor nicht doch schwul sein könnte. Vielleicht hatte er meine stumme Frage geahnt, denn eines Tages ließ er wie zufällig seine Geldbörse aufgeklappt liegen und ich blickte auf das Foto einer jungen Frau.

«Das ist Emina, sie ist Kurdin.» Dass Gabor mit Emina nichts Ernsthaftes haben konnte, das war mir längst klar geworden. Vielleicht war sie eine Verflossene, jedenfalls hatte er bisher kein Sterbenswörtchen von ihr gesprochen.

An diesem Tag erfuhr ich auch von ihm, dass er seinen Vater nicht kannte. Seine Mutter habe wenig von ihm erzählt und er, Gabor, habe auch nie besondere Lust gehabt, Näheres über ihn zu erfahren.

Dass ich selbst in Gabor verliebt war, merkte ich, als wir eines Tages bei mir zusammen etwas kochten. Kartoffelgratin. Ich schnitt die Kartoffeln, den Schinken und die Zwiebeln, Gabor stand am Herd und machte die Soße. Draußen pfiff der Herbstwind durch die Bäume, das Radio spielte den Titelsong von «Titanic», Gabor summte ihn leise mit und ich seufzte stumm vor mich hin: «Ach, wie gemütlich ist es doch. Trautes Heim, Glück allein! So ein häuslicher Typ. Er kocht gerne. Er sieht so gut aus! Er ist so nett! Er sucht ein schönes Zuhause! Ach, wäre es doch immer so!»

So was ging mir im Kopf herum, während ich zusah, wie Gabor die Soße in die Auflaufform über die Kartoffeln und den Schinken goss, alles sorgfältig mit einem Löffelchen durchmischte, schließlich den geraspelten Käse darüber gab und dann sagte: «Nun aber hinein mit euch ins Rohr!»

Das Ding war gerade ein paar Minuten im Ofen, da klingelte sein Handy. Ralf, ein Freund von ihm, war dran. Den kannte ich zwar nicht, aber Gabor hatte ihn bereits häufig erwähnt.

Gabor verließ mit dem Handy die Küche und ging über den Flur hinüber ins Wohnzimmer. Doch die Türen standen offen und einzelne Gesprächsfetzen drangen zu mir in die Küche. Es ging um das Auto von Ralf. Das sprang nicht an und Gabor sollte Ralf irgendwie einen Gefallen tun, was Gabor aber offensichtlich nicht so richtig wollte, denn er meinte: «Ruf doch mal bei Ecki an», und anschließend nannte er noch einen weiteren Namen. So ging das Gespräch noch ein Weilchen hin und her, bis Gabor schließlich etwas genervt sagte: «Ich kann ja mal fragen –»

Ich ahnte, dass der beschauliche Abend eine Wendung nehmen würde.

Gabor kam mit dem Handy wieder in die Küche, wo ich eben dabei war, den Quark für den Nachtisch in einem

Rührtopf glatt zu schlagen. Er erzählte eine komische Geschichte, wonach Ralf unbedingt zwei Frauen mit seinem Auto irgendwohin fahren müsse, der Wagen jedoch kaputt sei, er die Frauen aber keinesfalls hängen lassen könne und er Gabor daher bäte, mich zu bitten, ob wir nicht mit meinem Wagen die Frauen abholen könnten.

«Ja, können die denn nicht mit der U-Bahn fahren? Oder sich ein Taxi nehmen?», fragte ich ein wenig unwirsch.

«Nee», meinte Gabor, und dieses «Nee» klang so langgezogen, als ob sich dahinter eine unaussprechlich endlose Geschichte verbergen würde. «Da muss jemand mitfahren.»

«Hat das denn nicht Zeit, bis wir gegessen haben?»

«Nein», sagte Gabor. «Die sitzen schon wie auf Kohlen und warten, dass jemand sie holt.»

«Merkwürdig –», dachte ich.

«Wär wirklich nett, wenn wir mit deinem Wagen fahren könnten», fuhr er fort. «Ich wüsste sonst nicht, wen ich noch fragen könnte.»

Ich zuckte etwas hilflos mit den Achseln. «Na gut, wenn's denn sein muss –»

Gabor atmete erleichtert auf. Von seiner coolen Männlichkeit schien etwas abgefallen zu sein.

Die Fahrt ging nach Neukölln rein. Vor der Haustür erwarteten uns zwei flotte junge Frauen. Gabor sprang aus dem Wagen, ließ die Seitentür offen stehen und ging zu ihnen hinüber. Sie redeten kurz miteinander, dann kamen sie näher und ich hörte, wie die spitzen Absätze ihrer Pumps über das Pflaster klapperten. Gabor legte den Vordersitz um, die Mädels kletterten herein, setzten sich auf die Rücksitze.

«Das ist Ivonna. Das ist Halina», machte uns Gabor bekannt, stellte mich, ohne meinen Namen zu nennen, als einen Freund vor. Wir gaben uns die Hand. Ivonna, die Dunkelhaarige, hielt einen Zettel zwischen den Fingern, von dem sie einen Namen und eine Adresse ablas. Doch sie sprach die Worte mit so starken Akzent, dass es schwierig war, sie zu verstehen.

«Lass mal sehen», sagte Gabor.

Wir fuhren los. Auf der Hasenheide begannen die Mädels leise miteinander zu sprechen. Es hörte sich an, als wäre es polnisch. Oder war es russisch?

Prüfend schaute ich wieder in den Rückspiegel. Die Mädels mochten Anfang bis Mitte zwanzig sein. Hübsch sahen sie aus, gepflegte Haare, dezentes Make-up, und auch der Duft, der sich seit ihrem Einstieg im Wagen ausbreitete, hatte durchaus nichts Aufdringliches.

Gabor schaltete das Radio an. Klassische Klaviermusik klang aus den Lautsprechern.

«Oh, Chopin!», hörte ich Ivonna sagen, während sich ein böser Verdacht in mir einzunisten begann.

Kurz blickte ich zu Gabor hinüber. Der lehnte in all seiner betörenden Männlichkeit lässig im Beifahrersitz, gab mit sonorer Stimme ab und an Hinweise zur Fahrtroute und war ansonsten die Ruhe selbst.

Die Klaviermusik schien ihm nicht besonders zu gefallen, doch er ließ den Sender eingeschaltet.

Etwa zehn Minuten später waren wir in der Straße angekommen, die die Mädchen angegeben hatten. Im Schritttempo fuhr ich die Hausnummern ab.

Plötzlich tippte Halina mir auf die rechte Schulter.

«Dein Auto?», fragte sie.

«Ja», sagte ich, nickte kurz.

«Gut», sagte sie und hielt mir einen Fünfzigmarkschein hin.

Überrascht sah ich zu ihr hin. «Was soll ich denn damit?», fragte ich sie erstaunt.

«Das ist schon okay», meinte Gabor und versuchte, das Geld an sich zu nehmen.

Doch Halina zog ihre Hand zurück. «Nicht dein Wagen!», fuhr sie ihn barsch an, während sie den Schein an Ivonna weitergab, die nun versuchte, ihn mir über meine linke Schulter zuzustecken.

«Nimm's!», warf Gabor etwas genervt hin. Mehr aus Verwirrung als überzeugt nahm ich den Geldschein an.

Wir waren jetzt vor der gesuchten Hausnummer angekommen. Gabor sprang aus dem Wagen, wartete, bis die Mädels ausgestiegen waren und sich mit ein paar routinierten Handbewegungen die kurzen Röcke über Po und Hüften glatt gezogen hatten. Dann strebte der Trupp, Gabor voran, im Gänsemarsch über die Straße, hin zu jenem Haus, in dem die Mädels offenbar erwartet wurden.

Durch das heruntergedrehte Wagenfenster beobachtete ich, wie Gabor den Schalter für das Außenlicht betätigte, sich dann zum Klingelbrett hinbeugte und den angegebenen Namen suchte. Als er ihn entdeckt hatte, blickte er kurz auf seine Armbanduhr und sprach ein paar Worte mit den Frauen, so, als stimme er etwas mit ihnen ab. Sie nickten. Er drückte einen der Klingelknöpfe, während Halina vor die Gegensprechanlage trat. Kurz darauf war der Summer zu hören, Halina schob die Haustür auf, die Frauen verschwanden aus meinen Blick. Nur Gabor sah ich noch.

«Was läuft denn hier ab?», schoss es mir siedend heiß durchs Gemüt. «In was für 'ne Räuberpistole biste denn hier geraten?»

Gabor kam zurück.

«So, jetzt haben wir erst mal anderthalb Stunden Zeit.» Er beugte sich durch die offene Wagentür ins Auto und lächelte mich an, als wär ich Greta Garbo. «Lass uns doch hier in eine Kneipe gehen und was essen.»

Ich sah auf die fünfzig Mark in meiner Hand. «Und was soll ich damit?»

«Ach so. Ja, da können wir ja was von essen!», sagte er leichthin und sprang ins Auto. «Lass uns erstmal einen Parkplatz suchen. Und dann 'ne Kneipe.»

Ich legte ihm die fünfzig Mark auf den Schoß, startete den Wagen und fuhr an. Einen Parkplatz fand ich in drei, eine Eckkneipe in fünf Minuten.

Nachdem ich auf der mageren Speisekarte ein Schnitzel mit Pommes gefunden hatte und Gabor dasselbe bestellte, konnte ich mich nicht mehr zurückhalten.

«Sag mal, bist du ein Zuhälter?», fragte ich.

Gabor lächelte verlegen, schwieg ein Weilchen und fummelte dabei mit gesenktem Blick an seinem Bierglas herum.

«Sag mal, bist du schwul?», fragte er dann und sah mich an.

«Ja, das bin ich. Bist du denn auch schwul?»

«Nein.»

«Aber du bist ein Zuhälter, oder nicht?»

«Nein, ich bin kein Zuhälter», antwortete er sehr bestimmt.

«Was denn nun? Wenn jemand Nutten zu ihren Freiern fährt, dafür Geld bekommt, dann denk ich doch, dass so einer normalerweise ein Zuhälter ist!»

«Aber das Geld hast du doch bekommen. Du bist doch auch kein Zuhälter. Du hast das Geld bekommen, weil du den Wagen hast! Und du kriegst nochmal fünfzig Mark für die Rückfahrt.»

«Zur Nuttenchauffeuse hat er dich gemacht!» Innerlich war ich am toben, und nur mit Mühe gelang es mir, ruhig zu bleiben.

«Wenn *du* den Wagen gefahren hättest», fragte ich ihn, «dann hättest *du* das Geld bekommen? Verstehe ich das richtig?»

«Ja!», antwortete er gedehnt, klappte dabei seine betörenden Wimpern herunter, und ich sah, wie sich eine leichte Röte über sein Gesicht ausbreitete.

«Ach, wie süß!», dachte ich gerührt. Aber dann setzte doch recht schnell wieder eine gewisse Panik ein. «Ich dummes, eitles Ding!», warf ich mir vor. «Nur weil er so gut aussieht, biste jetzt als Zuhälterin unterwegs! Und gleich wird die Tür aufgestoßen, die ganze Russenmafia stürmt ins Lokal und ballert alles nieder, weil ich mich in deren Geschäfte gemischt habe.» Richtig mulmig wurde es mir.

Aber als nach einigen Minuten nicht die Russenmafia, sondern das Essen kam, entspannte ich mich wieder. Zugleich gab sich Gabor alle Mühe, die Sache als ganz harmlos hinzustellen. Es gäbe weder einen Zuhälter noch eine Mafia, meinte er. Vielmehr würden die polnischen Mädels auf eigene Rechnung arbeiten und nur Halina, die am besten Deutsch könne, sei so was wie eine Geschäftsführerin.

«Und was hast du mit dem Ganzen zu tun?»

«Na, ich bin sozusagen die Aushilfe von Ralf. Sonst fährt der die Frauen.» Er legte Messer und Gabel aus der Hand, setzte sie am Tellerrand ab, so dass sie rechts und links abstanden. «Das funktioniert so: Die Mädels geben Anzeigen in der BZ und sonstwo auf. Dann rufen die Freier an. Halina verhandelt mit denen und wenn sie sich sich einig geworden sind, müssen die Mädels doch schließlich noch zu der Adresse hin, verstehst du?»

«Das verstehe ich!», sagte ich. «Aber warum nehmen die sich nicht ein Taxi und fahren selbst zu ihren Freiern?»

«Na, weil immer mal was passieren kann—»

«Was denn zum Beispiel?» Alles musste ich ihm aus der Nase ziehen.

«Dass der Freier die Kohle nicht rüberwachsen lässt. Oder dass der sich nicht an die abgesprochenen Sachen hält. Da wirkt es immer ganz gut, wenn die Freier wissen, dass die Mädels 'ne Begleitung haben.»

«Aha», sagte ich, schob mir das letzte Stück vom Schnitzel in den Mund und dachte: «Hoffentlich macht der Freier heute keinen Scheiß, sonst – sonst, ja was sonst?» Ich blickte Gabor ins Gesicht. «Und was ist, wenn jetzt was passiert?», fragte ich möglichst gelassen.

«Na, dann muss ich halt hingehen und was machen —»

«Wie? Kloppste denn den Freier zusammen?»

«Wirklich nur im Notfall», meinte er trocken.

«Dachte ich mir's doch!», ging's mir durch den Kopf. «Der ist nicht umsonst körperlich so gut trainiert. Nur deswegen kann er diesen Escort-Service machen →» Und dann fiel mir noch ein: Wenn ich Nutte wäre, würde ich mich auch nicht irgendeinem Hänfling anvertrauen.

«Tut mir Leid», hörte ich jetzt Gabor weiterreden. «Ich wußte wirklich nicht, dass die Karre von Ralf wieder im Arsch ist. Wir wollen den Kontakt zu den Frauen nicht verlieren. Die könnten ja schließlich auch andere anrufen um sich fahren zu lassen. Ich kann das Geld gut gebrauchen, und eigentlich hab ich nichts dagegen, wenn Ralf nicht fahren kann →» Er machte eine kurze Pause, als wenn er nach weiteren, erklärenden Worten suchte. «In der letzten Zeit bin ich häufiger gefahren, weil Ralf 'ne neue Freundin hat. Wenn ich 'nen eigenen Wagen hätte, dann könnte ich viel mehr machen →»

Langsam dämmerte mir, dass seine finanzielle Situation wohl recht angestrengt war.

Die Bedienung kam und räumte die Teller ab.

Ich blickte auf die Uhr. Die vereinbarte Zeit von anderthalb Stunden lief ab. Kaum fünf Minuten über die Zeit war's, da piepte Gabors Handy. Halina war dran. Die Frauen warteten vor der Tür, wo wir sie abgesetzt hatten. Gabor gab durch, dass wir in fünf Minuten vorbei kämen.

Das war die erste Fahrt.

Wir setzten die Mädels wieder dort ab, wo wir sie geholt hatten. Ich erhielt die weiteren fünfzig Mark, gab sie Gabor. Für einen Augenblick trafen sich unsere Blicke und es schien, als würden wir das Gleiche denken. Er wusste, dass ich in ihn verliebt war, ihn begehrte.

Vierzehn Tage später waren wir abermals zum Nuttenfahren unterwegs. Der Freier wohnte dieses Mal in der Nähe vom Wittenbergplatz und hatte nur eine Stunde gebucht.

«Lass uns in Andreas' Kneipe was trinken», schlug ich vor, als wir die Frau abgesetzt hatten.

«Ist das 'ne schwule Kneipe?», fragte Gabor.

«Ja», sagte ich möglichst entspannt.

«Ich war noch nie in einer schwulen Kneipe», vertraute er mir an und kuckte ängstlich wie ein Kaninchen.

«Die werden natürlich alle sofort sehen, dass du heterosexuell bist, und dir gleich an die Eier packen. Aber da musste durch, mein Lieber!»

Gabor schluckte etwas, merkte aber dann, dass ich ihn veräppelte, und lachte.

In der Kneipe war's voll, und kaum hatten wir einen Platz gefunden, da traf ich auf Baffy. Das war 'ne uralte Bekannte von mir, ein Kerl, der seine Augen von Gabor überhaupt nicht mehr loskriegte und krampfhaft versuchte, mit ihm ins Gespräch zu kommen.

«Ich geh mal grad rüber ins KaDeWe», sagte Gabor nach einiger Zeit. Wahrscheinlich war ihm das Geschmachte von Baffy auf den Keks gegangen.

«O mein Gott, hoffentlich hab ich ihn dir nicht vertrieben!», meinte Baffy jetzt, als wir allein an der Bar hockten. «Könnte direkt deine Tochter sein. Aber die Hellste scheint sie ja auch nicht gerade zu sein.»

«Den Grundkurs bei Haug an der FU übers Kapital hat er in den Siebzigern jedenfalls nicht belegt», entgegte ich Baffy, die sogleich die Augen verdrehte und sich solche Anspielungen auf ihr Alter energisch verbat.

«Aber *du* hast dir den Hang zum Proletariat bewahrt, nicht wahr?», giftete sie zurück.

«Ach, man tut, was man kann! Aber schließlich bleibt man doch ein Gefangener seiner Gefühle!»

«Du hast ja schon immer ein gebrochenes Verhältnis zum Bürgertum gehabt. Weil du dich als offen Schwuler nicht anerkannt fühlst, flüchtest du dich in die Arme einer anderen Klasse», warf Baffy nun den Tresen entlang zu mir hin.

«Danke für die Aufklärung. Aber leider ist Gabor überhaupt nicht schwul. Er steht auf Weiber!»

«Ein Hete? O wie furchtbar! So weit bist du schon heruntergekommen? Rennst mit Heten in schwule Kneipen? Du bist ja offenbar völlig beziehungsunfähig!»

Die Unterhaltung mit Baffy wurde allmählich nervig. Aus der Musikberieselung klang ein Lied hervor, das ich kannte. «You've got to love someone», hieß das Lied, und ein paar der Umstehenden sangen es mit.

Wie eine Erlösung kam mir Gabors Rückkehr vor. Er hatte sich ein paar Socken gekauft. Wir mussten jetzt aufbrechen.

In den folgenden Wochen trafen wir uns im Studio, gingen zuweilen auf dem Cottbusser Damm was essen oder weiter hinunter bis ans Planufer, sprachen dabei häufig über Gabors Zukunft. Langsam begann ich zu begreifen, dass er ein Chaot war. Ein liebenswerter zwar, aber ein Chaot.

Dann kam der Tag, an dem wir zusammen am Herrmann-Platz auf der Sparkasse waren. Ich holte meine Kontoauszüge, Gabor wollte Geld abheben. Als wir uns vor der Tür wieder trafen, merkte ich, dass etwas mit ihm nicht stimmte. Er erklärte es mir aber nicht und ich unterließ es, zu fragen. Doch ahnte ich, was los war. Gabor war pleite.

Einige Zeit später, an einem Samstagnachmittag, kam er zu mir in die Wohnung. Er wolle etwas besprechen, hatte er am Telefon gesagt. Als ich die Tür öffnete, fiel mir bereits an seiner Kleidung auf, dass eine Veränderung eingetreten war. Er hatte eine weite, helle Stoffhose an, darüber ein offenes, naturfarbenes Leinenhemd, das lässig über die Hose hing. Auf der Haut ein weißes T-Shirt, das den wohlgeformten Waschbrettbauch und die breite, gestylte Brustpartie noch gut erkennen ließ. Über dem Leinenhemd trug er eine hellbraune, samtige Wildlederweste, deren Rückseite seidig glänzte, dazu farblich passende Lederhalbschuhe und einen Gürtel von gleichem Farbton. Eine solche Kleidung hatte ich an ihm noch nie gesehen. Schick und teuer sah alles aus, aber es stand ihm nicht.

«Ich habe eine feste Beziehung», eröffnete er mir nach einiger Zeit und erzählte dann, wie er Sonja vor vier Wochen in einer Disco kennen gelernt hatte. Sie war zehn Jahre älter als er, leitete die Filiale einer großen Supermarktkette und hatte ein Kind, eine Tochter von knapp drei Jahren. Gabor berichtete mit einer sachlichen Bestimmtheit von ihr, als habe er einen sehr grundlegenden Beschluss gefasst. Wie als Beweis hierfür zog er ein silbernes Feuerzeug aus der Tasche, das mit einer schmalen Kette an seinem Gürtel befestigt war. Sonja hatte es ihm geschenkt und auch das Datum eingravieren lassen, an dem sie sich kennen gelernt hatten. Einen Monat lag das zurück.

«Was hältst du davon, wenn ich mit Sonja zusammen ziehe?», fragte er plötzlich und sah mich mit seinen braunen Augen so erwartungsvoll an, als hänge von meiner Antwort sein Lebensglück ab.

«Nach vier Wochen Bekanntschaft – zusammenziehen?» Die Verblüffung stand mir ins Gesicht geschrieben.

«Du meinst, es ist noch etwas früh –?», brachte er zögend hervor.

«Ein paar Tage würde ich vielleicht doch noch warten», sagte ich so, dass er die Ironie spürte. Er lachte kurz und verlegen und sprach das Thema nicht mehr an. Aber er berichtete von Ralf und dessen neuer Freundin Beate. Kurz nachdem Ralfs Wagen endgültig zu Bruch gegangen war, hatten sie sich nach einer gemeinsamen Wohnung umgesehen.

«Übermorgen ziehen sie zusammen!», sagte Gabor. Ralf habe seine eigene Wohnung jetzt aufgegeben und seine paar Möbel verkauft. «Komm doch so gegen neun Uhr rüber in seine neue Wohnung. Bis dahin haben wir alles eingeräumt und es gibt einen Sekt zur Begrüßung», lud Gabor mich ein.

Ich kam mit einer Flasche Sekt und etwas Brot und Salz

und klingelte an der Tür. Der Summer antwortete augenblicklich, als habe jemand neben dem Drücker gestanden und gewartet. Oben angekommen, wurde die Tür sogleich aufgerissen.

Ich sah in das verheulte Gesicht einer Frau.

«Beate?», fragte ich.

«Ja», schniefte sie und fragte, wer ich sei. Ich sagte es ihr.

«Findet hier nicht –?», brachte ich etwas betreten hervor.

«Nein, das ist vorbei. Hier findet gar nichts mehr statt.» Sie machte eine Handbewegung zu dem Chaos hinüber, das sich hinter ihrem Rücken auftat. Sie bat mich dennoch herein. Kreuz und queer standen Möbel, Kartons und Gegenstände herum, gnadenlos von einer nackten Deckenbirne beleuchtet. Kein Gabor, kein Ralf in der Wohnung, nur etwas ratlos und bedrückt hockte eine ältere Frau mit übereinander geschlagenen Beinen und einer Zigarette in der Hand auf einem geflochtenen Wäschekorb.

Am nächsten Tag traf ich Gabor im Studio. Er wirkte bedrückt.

«Stell dir vor!», berichtete er. «Ralf und Beate sind schon wieder auseinander!»

«Wie?», meinte ich und erfuhr, dass Beate am Tag des Umzugs ab Mittag hatte mithelfen wollen, jedoch nicht gekommen war. Gabor und Ralf hätten alles allein gemacht und so gegen 18 Uhr, als beide den letzten Schrank die Treppen hochgewuchtet hatten, sei Beate endlich angefahren gekommen. Wie sie nun mit ein paar Flaschen Sekt vergnügt die Treppe hochkam, da hatte Ralf in einem vorwurfsvollen Ton zu ihr gesagt: «Das ist aber schön, dass du auch schon da bist und mithelfen willst – jetzt, wo wir fast alles schon fertig haben!»

«Mein lieber Ralf!», hatte Beate daraufhin in sehr entschiedenem Ton und mit schneidender Stimme geantwortet. «Solange du mir auf der Tasche liegst, solange ich für uns beide das Geld verdiene, verbitte ich mir solche Sprüche!»

161

Ralf sei ganz blass geworden, habe dann mit wütend beben-
der Stimme gerufen: «So ist das also! So eine bist du! Na,
jetzt weiß ich, woran ich bei dir bin! Das also ist dein wahres
Gesicht!» Sagte es, holte seine Jacke aus der Wohnung und
stürmte hinunter auf die Straße. «Die ist für mich gestorben!», hatte er später noch zu Gabor gesagt. Ohne eigene
Wohnung, ohne eigenes Bett, hatte Ralf schließlich wieder
bei seinen Eltern ein Dach überm Kopf gefunden.

Gabors Wunsch, mit Sonja zusammenzuziehen, war
durch diesen Vorfall offenbar etwas abgekühlt. «Ich brauch
unbedingt einen Job!», bemerkte er zuweilen. Doch dabei
blieb es.

Vier Wochen später setzte Sonja ihm ein Ultimatum.
«Wenn du mich wirklich liebst», hatte sie gesagt, «dann
erwarte ich von dir, dass du dich für mich entscheidest!»

«Sie will unbedingt, dass ich zu ihr ziehe», erklärte Gabor
und führte zugleich das neueste Präsent von Sonja vor. Eine
matt glänzende Hose aus weichem, schwarzen Leder.

«Steht sie mir?», wollte er wissen und ging einige Schritte
auf und ab. Ein kurzärmliges, schwarzes T-Shirt spannte
sich um seinen muskulösen Oberkörper, die eng anliegende
Hose lag wie eine zweite Haut auf den edel geformten
Teilen seines Unterleibs. Ein menschgewordener Phallus, so
sah er aus.

«Zum Niederknien!», rutschte es mir leise bewundernd
heraus.

«Was?», fragte er.

«Ich meinte, dass die Hose dir wirklich ausgezeichnet
steht!», sagte ich.

«Das finde ich auch!» Er setzte sich in den Sessel, spreizte
wie zufällig die Beine, so dass seine kräftigen Schenkel und
jenes wunderbare Paket dazwischen üppig zur Geltung
kamen.

Ich schaute hin und wieder fort. Mir wurde leicht
schwindelig.

«Ist was?», hörte ich Gabor wie aus einer anderen Welt fragen.

«Ich frag mich, wie teuer wohl die Hose war?», brachte ich schließlich mit einem Kloß im Hals hervor.

Gabor nannte den Preis. Sechshundet Mark.

«Eine Nacht für sechshundert? Sechshundert für eine Nacht?», hämmerte es in meinem Kopf. Er würde es machen, dessen war ich mir sicher. Aber wollte ich es wirklich? Gegen Geld?

Ich wollte es. Eine Ewigkeit tobte der begehrliche Sturm in meinem Herzen. Nur langsam fand ich meine Fassung wieder. Schließlich kam die Wende. «Nein! Ich will es nicht. Soll Sonja doch für ihn bezahlen! Nicht ich! Reiß dich zusammen! Er ist nicht schwul, basta! Und ein Stricher ist er auch nicht! Oder doch?»

Ich holte tief Luft, sah ihn an.

«Ich muss jetzt gehen!», hörte ich ihn sagen. Ich nahm es mit Erleichterung hin.

Er zog in Sonjas Wohnung. Wir sahen uns seltener. Gabor hatte jetzt Pflichten, musste sich um Sonjas Tochter Biggi kümmern. Er holte sie aus dem Kindergarten ab, brachte sie hin, schob sie zuweilen mit einem Buggy durch die Gegend.

Und eines Tages, er fuhr nun auch Sonjas Auto, rief er mich um die Mittagszeit an und fragte, ob er vorbeikommen könne. Als ich die Tür öffnete, stand er lächelnd mit Klein-Biggi davor, und kaum war eine Stunde vergangen, da sagte er: «Ich müsste jetzt unbedingt mal für eine Stunde weg. Ob du wohl so nett bist, solange auf Biggi aufzupassen?»

Ich tat's. Doch die Stunde verging und noch eine weitere dazu, Gabor kam nicht. Das Kind wurde unruhig, fing schließlich zu weinen an.

«Muss Biggi mal Pippi?», fragte ich. «Hat Biggilein Hunger?» Ich versuchte es mit Apfelsaft, mit 'ner Banane und 'ner Kiwi, mit allem, was ich im Haus hatte und wovon ich glaubte, dass es Kindern vielleicht schmecken könne. Nichts wirkte.

«Ich will zu meiner Mama!», schrie Biggi herzzerreißend, und ich stand da, schlug die Hände überm Kopf zusammen und war einem Nervenzusammenbruch nahe. «Was soll ich bloß machen?»

Nicht mal eine Telefonnummer hatte ich von Gabor. Nur die alte noch, die von seiner Mutter. Aus schierer Verzweiflung rief ich bei ihr an.

Sie hob tatsächlich ab und ich konnte sie überreden, sich sofort in ein Taxi zu werfen und in meine Wohnung zu kommen. Eine Frau erschien, etwa in meinem Alter, schwergewichtig an Pfunden, die in einem hellblauen Jogging-Anzug wogten, auf dem Kopf ein aschfarbener Mopp von Perücke, das blässliche Gesicht aufgedunsen, so schleppte sie sich keuchend die Treppe herauf.

«Ja, was ist denn?», wandte sie sich sogleich dem schreienden Kind zu. «Komm doch zu Oma!» Sie nahm es auf den Arm, drückte es an ihren Busen, trug's durch die Wohnung, klopfte ihm behutsam auf den Rücken, sprach leise auf es ein, und – o Wunder – die Plärrerei nahm alsbald ein Ende. «Wolltest du denn nicht bei dem Opa bleiben, meine Kleine?», sprach sie, tätschelte das Kind an der Wange und küsste es. «Oma ist doch lieb zu dir, nicht?»

Ich bekam fast 'ne Schnappatmung! Diese furchtbare Matrone konnte einfach nicht Gabors Mutter sein! Mit wem hatte die sich gekreuzt, um einen so glänzend aussehenden Nachwuchs in die Welt zu setzen?

«Sagen Sie mal, wo ist denn der Gabor?», fragte sie schließlich.

Ich zuckte hilflos die Achseln. «Er wollte schon vor zwei Stunden wieder da sein! Ich weiß es nicht!»

«Na, das sieht ihm wieder ähnlich. Wissen Sie, der wird nie erwachsen. Aber es ist ja schön, dass er einen so netten Menschen wie Sie gefunden hat, der sich ein bisschen um ihn kümmert. Er hat mir ja schon immer von Ihnen erzählt. Und jetzt haben wir uns auch endlich mal kennen gelernt, nicht wahr? Das ist doch schön. Wissen Sie, der Junge ist ohne Vater aufgewachsen. Das war für mich ja auch nicht einfach, so ohne Mann –.» Sie redete und redete. Das Klingeln an der Tür klang schließlich wie eine Erlösung.

«Das muss er sein!», rief ich und hörte durch die Gegensprechanlage seine Stimme.

«Hier. Halten Sie die Kleine mal!», sagte die Matrone daraufhin entschlossen. Sie drückte mir das Kind in die Arme, stampfte in den Flur und schloss hinter sich die Tür. Auf meinem Arm fing dieses Biggi-Teil sogleich wieder aus vollem Hals zu brüllen an. Es mochte mich nicht – weder als Mutter noch als Vater, nicht als Oma und auch nicht als Opa.

Doch immer, wenn Biggilein für ein paar Sekunden tief Luft holte, um neue Kraft für ihr ohrenbetäubendes Gebrüll zu sammeln, da hörte ich sie – die Geräusche aus meinem Flur. Sie waren eindeutig. Gabor kriegte Kloppe, Kloppe von seiner Mutter. Das dauerte ein paar Minuten, dann kam sie wieder zu mir herein, griff sich das Kind, sagte mir nochmals, dass ich sie doch unbedingt mal besuchen solle und ging. Erleichtert hörte ich, wie die Wohnungstür ins Schloss fiel.

Ich atmete tief durch.

Aber wo war Gabor?

Er war weg. Auch ins Studio kam er nicht mehr.

Alle im Gabor-Fanclub waren wir nun sehr traurig. Das Mitzählen der Wiederholungen wurde ohne ihn wieder furchtbar langweilig.

«Er war doch wirklich ein Netter», seufzte Martin.

«Und er sah so gut aus!», sagte ich.

«Ach, er kommt bestimmt wieder!», sagte Jürgen, der durch seine flammenden Gefühle für Gabor endlich gemerkt hatte, dass er schwul war.

Ein langer, grauer Berliner Winter verging und der Frühling kehrte zurück, als eines Abends Gabor wieder bei mir anrief.

«Hast du morgen Nachmittag für mich Zeit?», fragte er.

Selbstverständlich hatte ich für ihn Zeit. Es gäbe eine Überraschung, sagte er, und dass wir zusammen einen kleinen Ausflug machen sollten. Ich war gespannt.

Um die angegebene Zeit, pünktlich auf die Minute, klingelte es an der Tür.

«Komm doch am besten gleich runter! Ich warte hier!», hörte ich ihn sagen.

Ich lief zum Fenster und schaute erst einmal hinaus. Unten, in der zweiten Reihe der geparkten Autos, glänzte ein eleganter, schwerer Mercedes in der Sonne, Gabor lehnte mit verschränkten Armen an der Fahrertür, angetan mit einem grauen, uniformartigen Anzug, auf dem Kopf eine Mütze, deren Schirm sein Gesicht ein wenig verdeckte.

Ich starrte hinunter, traute meinen Augen kaum. Für einen Moment sah Gabor zum Fenster hinauf, entdeckte mich, legte lässig zwei Finger an die Mütze und warf mir einen ersten Gruß entgegen.

Mein Herz hüpfte. Noch nie im Leben hatte ich es geschafft, meine Kleider so schnell zu wechseln. Stoffhose, Jackett, frisches Hemd, geputzte Schuhe, ich schaffte es in wenigen Minuten und flog die Treppe hinunter.

«Mensch! Gabor, Junge! Was siehst du stattlich aus!», rief ich ihm zu und hätte ihn fast ans Herz gedrückt.

Er warmes Lächeln lag auf seinem Gesicht. Wir gaben uns die Hand. Eine Umarmung wäre mir lieber gewesen, doch das passte hier nicht.

Er ging um das Auto herum, öffnete mir den Schlag, und ich setzte mich auf den rechten hinteren Sitz. Mit einem leisen Klick fiel die Tür ins Schloss.

Gabor stieg ein, legte die Mütze ab und ließ den Motor an.

«Wohin darf's denn gehen?», fragte er gespielt scherzhaft.

«Den Kuhdamm rauf und wieder hinunter–», sagte ich.

«Und dann–?»

«Die Avus entlang zum – Schwielow-See.»

«Gut!», sagte er.

Seit dem Herbst war einiges geschehen. Mutters Kanarienvogel war gestorben. Sie hatte mittlerweile einen anderen. Seit zwei Monaten war auch die Liaison mit Sonja vorüber. Seinen Traumjob hatte er durch Halinas Vermittlung bekommen. Einer ihrer Stammfreier hatte beiläufig erwähnt, dass er einen Cheffahrer suche, Halina hatte es Gabor sofort erzählt, am nächsten Tag schon bekam er die Stellung. Die Bezahlung sei okay, der Dienst, wenn auch etwas unregelmäßig, sehr angenehm.

In Geltow, nicht weit von der Brücke über die Havel, gab es ein Restaurant am Ufer des Schwielow-Sees. Dahin fuhren wir, aßen in der Frühlingssonne zu Mittag, dann ging's weiter nach Caput, wo wir entlang des Ufers durch die Wälder wanderten.

«Ich hab dich vermisst», sagte ich zu Gabor.

Er lächelte etwas verlegen und blieb stehen.

«Na ja», meinte er und sah mich ernst an. «Die Zeiten waren eben doch etwas hektisch!»

«Und wegen der Sache mit Klein-Biggi müsstest du ja von *mir* eigentlich auch noch den Arsch voll kriegen, nicht?!»

Er lachte herzhaft und warf dabei den Kopf etwas zurück. Ich gab ihm mit der flachen Hand einen leichten Klaps auf den Hinterkopf. Die Mütze verrutschte dabei, er schob sie sich mit beiden Händen rasch wieder zurecht, und wie als eine Erwiederung auf meine Attacke boxte er mir leicht auf den Oberarm.

«Na, warte!», sagte ich und konterte mit zwei schnellen Fausthieben gegen seine Brust. Er duckte sich, nahm eine Boxerstellung ein, wehrte scherzhaft ab.

Wir sahen uns in die Augen, lachten entspannt, nahmen

uns für einen Moment in die Arme. Wie sehr ich ihn doch mochte!

«John Browns father was a homosexual!», meinte er jetzt, während er mir zugleich den Arm um die Schultern legte und mich zum Weitergehen aufforderte.

«Sei froh, dass du keine Vollwaise bist, du Chaotenkind!», entgegnete ich und fasste ihn locker um die Taille.

«Das stimmt!», sagte er, klopfte mir wie zur Bestätigung meiner Worte auf die Schulter, ehe er seinen Arm wieder zurücknahm. Ich löste mich ebenfalls und mir kam es vor, als hätten wir uns zur Bestätigung unserer Freundschaft auf halbem Wege getroffen.

«Ich such mir jetzt 'ne eigene Wohnung», sagte er. «Wenn du was hörst, denk an mich.»

«Na klar!»

«Und wenn ich dir mal was helfen kann, sag es!»

«Mach ich!»

Gegen Abend kehrten wir in die Stadt zurück. Es war ein schöner Tag.

Bald danach kam Gabor auch wieder ins Studio. Der ganze Fan-Club war begeistert.

MARIO WIRZ

HAPPY BIRTHDAY

Für Prinz

Milan tat, als schliefe er noch, während er Arthur beobachtete, der siebzig langstielige rote Rosen auf zehn Vasen
verteilt hatte und diese nun mit der grimmigen Entschlos-
senheit eines Bühnenbildners durch das Zimmer trug, um
sie wirkungsvoll zu platzieren. Fünf Vasen für das Fensterbrett, eine links und eine rechts vom Kamin, auch Klavier,
Nachttisch und CD-Ständer erwiesen sich als taugliche Orte
für die Geburtstagssträuße. Arthur warf einen halben Blick
auf Milan, der geräuschvoll den Schlafenden simulierte, und
wandte sich dann wieder seinem Arrangement zu, mit jenem
nachdenklichen Lächeln, in das sich Milan vor fünfundvierzig Jahren verliebt hatte.

Die kleine Galerie in Charlottenburg. Die Veranstalterin
mit dem S-Fehler. «Es ist schön, dass Sie so zahlreich
erschienen sind.» Milans erster Lyrikband und seine erste
Lesung vor Publikum. Natürlich existentialistisch im
schwarzen Rollkragenpullover, eine Packung Gauloises auf
dem Tisch, neben dem Glas Rotwein und dem dünnen
Büchlein, das in einem Ein-Mann-Verlag erschienen war.
«Warum sind Ihre Gedichte so düster?», hatte Arthur gefragt
und ihn mit seinen Augen festgehalten. Dieses entschlosse-
ne Blau hinter der Brille, der weiche, verletzbare Mund, der
brave Haarschnitt, eine Kombination aus Musterschüler und
Draufgänger. «Als ich diese Verse schrieb, habe ich Sie noch
nicht gekannt.» Die Zuhörer waren in Gelächter ausgebro-

chen, weil sie den Autor für schlagfertig hielten, doch Arthur hatte Milan angeschaut und gesagt: «Ich werde dafür sorgen, dass du in Zukunft andere Gedichte schreibst.» Sie waren beide rot geworden und wussten, dass ihre gemeinsame Geschichte angefangen hatte.

«Es war meine Pflicht, diesen fünfundzwanzigjährigen Trauerkloß zu retten», scherzte Arthur später manchmal vor Fremden, die sich über das seltsame Paar wunderten. Der Assistenzarzt aus großbürgerlichem Elternhaus und der dichtende Hungerleider, der in Heimen aufgewachsen war. Der Ästhet und der Chaot. Sie passten nicht zusammen, aber das Wunder, das sie an jenem Abend in der Galerie miteinander verkuppelt hatte, war mächtiger als alle Unterschiede und Gegensätze.

Der erste Abend bei Arthurs Eltern. Die einschüchternde Villa am Wannsee. Originale von Monet und Degas an den Wänden. Der Kronleuchter über der festlich gedeckten Tafel. Die livrierten Diener, die flink durch den Saal huschten. Die schweren Perserteppiche. «Ich fühle mich wie in einem Groschenroman. Der arme Poet und der reiche Erbe», hatte Milan gekichert, doch Arthur war nervös gewesen und hölzern wie ein Spazierstock. Sein rotgesichtiger Vater, der mit Immobilien handelte, gab sich locker und lachte mit Haifischzähnen. «Mein Sohn erzählte mir, dass Sie schreiben. Wie interessant. Muß ich mich schämen, weil ich Ihren Namen nicht kenne?» Die süffisant Kälte von Arthurs Mutter, die Milan fixierte, als wäre er aus dem Panoptikum. «Schmeckt Ihnen der Hummer nicht, mein Lieber?» Er hatte auf seinen Teller gestarrt und nicht gewusst, wie er sich dieses Ungetüm manierlich einverleiben sollte. Arthur speiste mit somnambuler Langsamkeit, um seinem Freund zu helfen, wie ein Pantomime handhabe er die Hummergabel und sah dabei so komisch aus, dass Milan schnell woandershin gucken musste. Er trank zu viel durcheinander und rezitierte lallend Heine und Ringelnatz. «Wie bezaubernd», säuselte Arthurs Schlangenmutter und tauschte Blicke mit Ihrem Haifischgatten, der sich zu amüsieren schien. «Fabelhaft, dass Sie das alles auswendig können. Fabelhaft!» «Meine Eltern waren von dir beeindruckt», hatte Arthur am Tag danach kühn behauptet, doch eine neue Einladung erfolgte erst viele Jahre später, als Milan ein international bekannter Autor war.

«Ich weiß, dass du nicht schläfst, liebes Geburtstagskind. Viel Glück wünscht dir das Meer vor unserem Haus und auch der Zandvoortwind. Ich weiß, dass du und ich noch lange glücklich sind. Das weiß das Meer und auch der Zandvoortwind»; sang und improvisierte Arthur am Klavier, und Milan wischte sich die Tränen aus den Augen und war fassungslos, dass er tatsächlich siebzig Jahre alt geworden war. «Ich habe dir damals prophezeit, dass dich selbst ein tödliches Virus nicht umbringen kann. In der Hölle gibt es schon zuviele Schriftsteller»; lästerte Arthur, der nach fünfundvierzig Jahren Beziehung Gedanken lesen konnte, bevor sie zu Ende gedacht waren. Immer noch dieses verwegene Blau hinter der Brille, der weiche, verträumte Mund, das Lächeln, das Milan verwirrte. «Ich friere», gurrte er, und Arthur grinste und legte sich zu seinem Freund. «Ist dir jetzt wärmer?» Ihre Körper kannten sich und nahmen, was sie brauchten. Manchmal gaben sie sich fremd, als wüssten sie nichts voneinander, als wäre es das erste Mal. Arthur liebte den Kampf und wehrte sich lange, um sich dann lustvoll besiegen zu lassen. In der Hingabe verjüngte sich sein Gesicht, und alle Jahre schienen von ihm abzufallen. An diesem Morgen verführte er Milan und zwang ihn, sich zu ergeben.

War es wirklich der 11. August 2030? War das Meer vor den Fenstern nicht nur ein Traum?

Der Schrei der Möwen. Der ruhelose Wind. Das Haus, das Milan von den Tantiemen seines ersten Bestsellers gekauft hatte. Seit dreißig Jahren lebten sie hier zusammen, gemeinsam mit all den jungen Männern, die sich für eine Weile bei ihnen einquartierten und dann wieder verschwanden und neuen Glückssuchern Platz machten. Meistens war es Arthur, der sie am Strand oder am Bahnhof von Amsterdam ansprach. Ausreißer und Streuner. Rucksacktouristen und Hallodris. «Meine wilden Kids», sagte er und hatte diese Sehnsucht in den Augen, aber Milan war nicht mehr eifersüchtig und begriff, dass sein Freund eine tägliche Dosis Jugend brauchte. Seitdem Arthur seine Praxis in Zandvoort verpachtet hatte, veranstaltete er regelmäßig Partys und Feste, zu denen sogar Freunde aus dem Ausland angereist kamen. Der inzwischen weltberühmte Drehbuchautor Michael Sollorz, der mit seinem vietnamesischem Lebensgefährten in Budapest wohnte. Der von allen wichtigen Theatern gespielte Christoph Klimke, der sich mit seinem Partner in Rom ein Haus gekauft hatte. Der Nobelpreisträger Detlev Meyer, der mit seinem Partner und etlichen Katzen nur noch in den VIP-Suiten exklusiver Hotels lebte. Das Malgenie Rinaldo aus New York und der unverwüstliche Rosa aus San Francisco. Die göttliche Dee, die mit einem vierzig Jahre jüngeren Fürsten auf dessen Schloss in St. Petersburg residierte und schon lange ein Mythos war. Sie alle kamen zu Arthurs Festen und tanzten bis in den frühen Morgen. Diven und Dichter. Stars und Stricher. Aristokraten und Athleten. Kids und Künstler. Medizinalräte und Mechaniker. Jünglinge und Greise. Alle Unterschiede verflüssigten sich im Champagnerrausch, und es gab nur die gemeinsame Lust, da zu sein und den Augenblick zu feiern. Milan hätte sich öfter stille Zweisamkeit mit Arthur gewünscht, doch er sagte nichts und war dankbar, dass sie immer noch kraftvoll genug waren, den Trubel auszuhalten. Auch ohne Feten war das Haus ein Ort, den die Ruhe mied. «Unsere Rabauken verhindern, dass wir schrullig werden», sagte Milan oft und lächelte, weil Arthur den Mund verzog. Anspielungen auf das Alter waren ihm ein Greuel.

Die Rosen überall. Die nackten Jünglinge, die Rinaldo nach einer Orgie auf die Wand gemalt hatte. Der gierige Ruf der Möwen vor dem Fenster. Die Stimmen unten im Haus und das Gebimmel des Telefons. Dennis hatte den Auftrag, allen Gratulanten zu sagen, dass der rüstige Jubilar seinen Geburtstag im legendären «Luna» auf dem Mond verbrachte, was nur eine halbe Lüge war. Milan war von der Hoteldirektion des «Luna» eingeladen worden, im Oktober vor Mondtouristen aus seinen Werken zu lesen. Es ging niemanden etwas an, dass der Dichter abgesagt hatte, weil er sich im Gegensatz zu seinen Zeitgenossen vor Raumschiffreisen fürchtete. An diesem Tag sollten die Kamerateams der Fernsehstationen auf eine falsche Spur gelenkt werden. Milan wollte kein Mediengetöse. «Wer hätte gedacht, dass der eitle Vogel der Presse irgendwann überdrüssig werden könnte?», hatte Arthur gespottet, und sie hatten alle gelacht. Auch Dennis, der seit zwei Jahren bei ihnen lebte und so etwas wie ein Sohn für sie geworden war.

Arthurs zupackenden Hände. Sein wollüstiges Brummen. Die verspielte Gewalttätigkeit seiner Zärtlichkeiten. Der Glanz in seinen Augen, der ihm etwas Grausames verlieh. Er stöhnte und sank erschöpft auf Milans Brust. Sie atmeten, als wären sie ein Körper. «Bist du glücklich?», fragte Milan und bereute seine Frage sofort. «Jetzt nicht mehr. Ich hasse törichte Fragen», knurrte Arthur und zündete sich eine Zigarette an. Sie lagen zusammen. Seite an Seite. Die Zigarette danach wie damals in ihrer ersten Nacht.

Das winzige Zimmer in Kreuzberg. Die Matratze auf dem Boden. Kartons und Koffer, die immer noch nicht ausgepackt waren. Schmutzige Socken zwischen Büchern von Sartre und Camus. Der betäubende Duft der Räucherkerzen. Der wackelige Tisch vor dem Fenster. Die Schreibmaschine, auf der Milan seine ersten Gedichte getippt hatte. «Hier lebst du also», hatte Arthur gesagt und nicht gewusst, wo er sich hinsetzen sollte. In seinem Kaschmiranzug sah er aus wie von einem anderen Stern. «Soll ich uns einen Kaffee machen? Im Kühlschrank ist auch noch Bier, glaube ich.» Milan war verlegen gewesen und stotterte herum, bis Arthur ihn auf die Matratze zog. Der junge Assistenzarzt, der so bürgerlich wirkte, scherte sich nicht darum, dass die Knöpfe von seinem Hemd absprangen. Ein schönes, wildes Tier, hatte Milan gedacht und sich unbeholfen und verklemmt gefühlt.

«Ja. Ich bin glücklich. Ich liebe dich. Ich habe dich lieb. Ich begehre dich. Ich bin noch immer geil auf dich», murmelte Arthur und blies den Rauch seiner Zigarette über Milans Gesicht. «Schaut euch diese alten Böcke an!», lachte Dennis, der ins Zimmer stürmte, zusammen mit all den anderen, die in diesem Monat zur Hausgemeinschaft gehörten. Der schweigsame Leo, der aus Den Haag kam und vor zwei Wochen plötzlich aufgetaucht war, um in jenem verrückten Haus zu leben, von dem er so viel gehört hatte. Er hielt eine riesige Torte in den Händen und lächelte stolz. Seitdem er bei ihnen war, herrschte er über die Küche und verwandelte jede Mahlzeit in ein Fest. «Ein Kunstwerk!», applaudierte Milan, und Leo nickte huldvolll. «Tausend Jahre sollst du werden», trällerte Sascha und entkorkte eine Champagnerflasche. «Wo ist Kolja?», fragte Arthur, der heimlich in Saschas Zwillingsbruder verliebt war. Milan wusste natürlich Bescheid und seufzte. «Das Herz ist ein einsamer Jäger», zitierte er und dachte an den Roman von Carson McCullers, den er in seiner Jugend gelesen hatte. «Wenn ich nach Kolja frage, musst du nicht gleich dramatisch werden», sagte Arthur und gab sich gelassener als er war. «Mein Brüderchen treibt sich am Strand rum wie eine läufige Hündin», feixte Sascha und füllte den Champagner in die Gläser, die Belle auf einem Tablett bereithielt. Belle hieß eigentlich Helga, aber Ihre Schönheit zog andere, poetischere Namen auf sich. Man nannte sie «Stella» oder «Rose» oder «Angel». Und jeder wurde in Ihrer Gegenwart etwas scheu.

Seit zehn Jahren gehörte sie zur Familie. Sie kam, blieb eine Weile, verschwand wieder, um durch die Welt zu reisen und kehrte erschöpft in das Haus zurück. Dennis streute Glückwunschtelegramme und Faxe über das Bett. «Alles, was Rang und Namen hat, ehrt den größten lebenden Dichter unter der Sonne», spottete er und legte sich zwischen Milan und Arthur. Die anderen guckten etwas neidisch und standen mit ihren Gläsern im Raum wie auf einer Cocktailparty. «Ich glaube, wir brauchen ein breiteres Bett», lachte Milan und fand alles ein bisschen anstrengend. «Ich bin froh, dass es dich gibt», sagte Belle leise und setzte sich auf die Bettkante und nahm Milans Hand. Leo reichte jedem feierlich ein Tortenstück, das er kunstvoll aus dem Sahneturm herausgeschnitten hatte. Sascha starrte wund auf Dennis, der Belle nicht aus den Augen ließ. Der schmächtige Stricher aus der Ukraine liebte den blonden Herkules, doch Dennis dachte nur an Belle, die zu allen nett war und niemanden liebte. «Möchte nur wissen, wo Kolja bleibt», murmelte Arthur unruhig und stocherte in seiner Torte herum. In diesem Augenblick sah er aus wie ein unglücklicher, alter Mann, und Milan empfand Mitleid mit seinem Freund, der immer noch sturmisch um Amors Wohlwollen buhlte. Vielleicht war auch ein bisschen Neid in Milan, weil Arthur im Gegensatz zu ihm nicht aufgehört hatte, alle Gefühle zuzulassen. Sehnsucht und Schmerz, Zärtlichkeit und Zorn, das ganze Chaos, das die schöne Unvernunft den Verliebten anbot. Arthur scheute selbst die Lächerlichkeit nicht, wenn er jemandem begehrte, während Milan sich längst in einem ältlichen Pragmatismus eingerichtet hatte. «Wollen wir nicht ein bisschen am Strand entlanglaufen und Ausschau nach Kolja halten?», fragte Dennis und schaute Belle an, als wollte er sie hypnotisieren. «Nein, ich suche meinen Bruder», sagte Sascha und rannte blass aus dem Zimmer. «Das ist nicht nötig», rief Arthur ihm hinterher, aber seine Stimme klang erleichtert, und mit gutem Appetit aß er nun seine Torte auf.

«Schmeckt köstlich», lobte er Leo, der auf Saschas vollen Teller starrte. «Der Tag ist noch lang. Sascha wird die Torte später genießen», tröstete Belle den Backkünstler, der sie traurig anlächelte. Milan tat, als läse er die Glückwunschtelegramme und Faxe, doch seine Gedanken waren woanders.

Unerträglich war die Hitze am 11. August 1990 gewesen. Das Gurren der Tauben vor dem Fenster. Das Scheppern der Mülltonnen im Hinterhof. Milan weinte vor den dreißig roten Rosen, die ein verschwitzter Fleurop-Bote am Morgen gebracht hatte. Schon nach wenigen Stunden ließen die Geburtstagsrosen ihre Köpfe hängen, als wollten sie sich mit Milans Unglück solidarisieren. Er hatte die Vorhänge zugezogen, weil er das grelle Tageslicht nicht ertrug. Alles war Schmerz gewesen. Die Helligkeit und das Dunkel. Die Stille in den Zimmern und die Geräusche draußen. «Ich werde immer für dich da sein, wenn du mich brauchst», hatte Arthur geschrieben, der mit seinem neuen Freund nach Miami geflogen war.

Wahrscheinlich war der Fleurop-Auftrag einen Tag vor der Abreise erteilt worden. Die müden Rosen in der Vase. Das Ticken des Designerweckers, den Arthur gekauft hatte, damit Milan seine Tabletten pünktlich nahm. Die Glückwünsche der Freunde auf dem Anrufbeantworter, den Milan irgendwann am Nachmittag des 11. August 1990 ausgeschaltet hatte. Betäubt von Gin und Sherry lag er auf dem Bett und wartete vergeblich, dass Freund Hein ihn in seine Arme schloss. Es war verständlich, dass Arthur vor dem unsichtbaren Untermieter geflohen war, der seit dem Testergebnis alle Stunden mit ihnen teilte. Alle Mahlzeiten und sogar das Fernsehprogramm. Milan entwickelte eine geradezu moribunde Vorliebe für Spielfilme, in denen sich todgeweihte Heldinnen und Protagonisten einen letzten Wunsch erfüllten, um dann in einer Großaufnahme schön und tapfer zu sterben.Wenn Arthur erschöpft aus der Klinik kam, in der er täglich mit letalen Tatsachen konfrontiert war, erwarteten ihn in der gemeinsamen Wohnung Milans Gespenster. «Ich glaube, ich habe schon wieder abgenommen.» «Unsinn! Du siehst blendend aus.» «Meine Lymphknoten sind geschwollen.» «Das ist bei einem Immundefekt ganz normal und nicht dramatisch.» «Klingt mein Husten nicht seltsam?» «Rauch weniger!» Milan stand stundenlang vor dem Spiegel und hielt Ausschau nach jenen Symptomen, die in der Presse beschrieben worden waren. Er verfaßte sein Testament und letzte Verfügungen, in denen der Ablauf seiner Beerdigung detailliert festgelegt war. Verdis Requiem am Anfang. Abschiedsreden der Dichterfreunde Klimke, Meyer und Sollorz. Lesungen aus Milans schmalen Lyrikbänden. Zum feierlichen Abschluß Chansons von Georgette Dee. Arthur meldete seinen hysterischen Partner in einer Positivengruppe der Berliner Aidshilfe an und vereinbarte Termine bei Psychologen, die sich auf dieses Thema spezialisiert hatten, doch Milan zog es vor, sich in sein weinerliches Pathos zurückzuziehen.

So viele Freunde und Bekannte waren in den letzten Jahren gestorben, bei Krankenbesuchen auf der Aidsstation sah Milan, was ihn unausweichlich erwartete, warum sollte er einen aussichtslosen Kampf auf sich nehmen und so tun, als glaubte er den Hoffnungsparolen, mit denen ihn Arthur bedrängte? «Du darfst nicht aufgeben. Du musst Zeit gewinnen. Schon jetzt gibt es therapeutische Möglichkeiten, und bald wird es ein Heilmittel geben, das den tödlichen Virus in eine behandelbare Krankheit verwandelt. Nicht gefährlicher als Diabetes.» Kein Wort erreichte Milan. Er verbrachte die Tage weiterhin im Bett und war schon am Vormittag betrunken. Manchmal schrieb er ein Gedicht, in dem er seinen Tod in schaurige Verse zwang. «Du mimst mit erstaunlicher Vitalität den sterbenden Schwan. Welche Rolle hast du mir zugedacht in deinem Schmierentheater? Soll ich mir gleich eine Trauerbinde anlegen?», hatte Arthur eines Abends wütend gefragt, ohne eine Antwort zu bekommen. Milan war fast erleichtert, als sich Arthur in die Arme eines zwanzigjährigen Musikstudenten rettete und aus der gemeinsamen Vier-Zimmer-Wohnung in Friedenau auszog. Nun gab es niemanden mehr, der Widerstand gegen das Schicksal leistete. Milan konnte ungestört seinem Lamento frönen. Arthur kam zwar oft in die Wohnung und versuchte, der Verwahrlosung Einhalt zu gebieten, aber das hinderte Milan nicht daran, sich als einsames Opfer darzustellen. Er war von Arthur im Stich gelassen worden und hatte ein Recht, zu leiden. Besoffen hatte Milan am Abend des 11. August 1990 den Rosen die Köpfe abgeschnitten und sie aufs Bett wie auf ein Grab gestreut. Er schrieb seitenlange Liebesbriefe an Arthur, die er anschließend zerriss, um sich wieder in seinem Jammer einzusperren.

Ein Autounfall, bei dem Arthur unverletzt geblieben war, hatte die heilsame Wirkung eines Schocks und weckte Milan aus seinem egozentrischen Schlaf. Er ging in die kleine Kirche am Friedrich-Wilhelm-Platz und dankte Gott, dass der Schutzengel über Arthur gewacht hatte. Milan war beschämt, dass er so lange nur an sich und seinen Kummer gedacht hatte, als wären Sterblichkeit und Angst sein Privateigentum. In der Kirche am Friedrich-Wilhelm-Platz versprach er dem Engel, die Liebe und das Leben in Zukunft besser zu verteidigen. Milan verabredete sich mit Arthur in der Charlottenburger Galerie, wo vor fünf Jahren alles angefangen hatte. «Wie schön, dass Sie mal wieder bei uns vorbeischauen», hatte die Geschäftsführerin gelispelt und von dem Maler Rinaldo geschwärmt, der gerade dabei war, eine Ausstellung vorzubereiten. Arthur und Milan waren glücklich über ihre Versöhnung und erwarben ein großformatiges Gemälde in Öl, das sie sich eigentlich nicht leisten konnten. «Den Liebenden gewähre ich Rabatt», sagte der Künstler und bot ihnen darüber hinaus seine Freundschaft an, die alle folgenden Jahre und Krisen überdauern sollte. Das Bild, das zwei Männer beim Liebesspiel zeigte, wurde über das Bett gehängt, in dem Arthur und Milan versuchten, das Virus zu vergessen. Milan hatte seine Unbefangenheit verloren und wagte es nicht, leidenschaftlich zu sein, weil ihm kein Kondom hundertprozentig safe erschien. In den Armen seines Freundes fühlte er sich wie eine tickende Bombe. «Eros und Thanatos waren schon immer ein Paar. Ich fürchte mich nicht», sagte Arthur pathetisch, aber seine Stimme klang unsicher. Ihre Körper, die sich vertraut waren, erfanden neue und vorsichtige Zärtlichkeiten. Behutsam und phantasievoll. Oft hielten sie sich nur und lauschten dem Atem des anderen. «Wir haben jetzt Herzsex», wisperte Arthur und Milan war, als schliefe er mit seinem Bruder in einem Kinderzimmer. Er fühlte sich behaust und fragte nicht nach dem Musikstudenten, mit dem Arthur nach wie vor liiert war. «Wir gehören zusammen. Du und ich. Ich und du. Wir. Ganz egal, was passiert, wir stehen alles gemeinsam durch», hatte Arthur gesagt, und Milan glaubte ihm. Niemand konnte ihre Zweisamkeit bedrohen. Weder ein Musikstudent noch all die anderen, mit denen Arthur im Laufe der Jahre kleinere und größere Affären hatte. Milan gab sich Mühe, die Tage und Nächte ohne eine Überdosis Alkohol auszuhalten. Manchmal brauchte er eine halbe Tavor oder andere Psychopharmaka, um die Angstgespenster zu zähmen, aber er konnte wieder arbeiten. Sein autobiographischer Roman, der 1992 erschien, wurde von der Presse kontrovers aufgenommen, doch das Buch erreichte mehrere Auflagen und war finanziell sein erster Erfolg. Er schenkte Arthur einen Sportwagen und konnte sich nun an den Unkosten des täglichen Lebens beteiligen, was für sein Selbstbewusstsein hilfreich war. «Meine wohlhabende Dichterdiva», lästerte Arthur und war ein bisschen neidisch auf den wachsenden Ruhm seines Freundes, der in verschiedenen Talkshows auftrat und stapelweise Leserbriefe bekam. Oft von gutaussehenden, jungen Männern, die ein Foto beilegten. Anonyme Anrufer, die Milan als «schwule

Aidssau» beschimpften, waren die Kehrseite frischerworbener Prominenz, und er musste eine geheime Telefonnummer beantragen. Arthurs Eltern waren schockiert, dass sich Milan in seinem ersten Roman als Positiver geoutet hatte. «Der Junge tut mir aufrichtig Leid, aber das ist kein Grund, dass auch du dein Leben ruinierst. Ich erwarte, dass du eine saubere Lösung findest und die Beziehung beendest»; sagt der Haifischvater, der zum ersten Mal in ihrer Wohnung war. «Und ich erwarte, dass du sofort verschwindest. Wir haben nichts mehr miteinander zu tun», erwiderte Arthur, und Milan hörte alles in einem anderen Zimmer und war gerührt, dass sich sein Partner so vehement zu ihm bekannte. Gleichzeitig quälte ihn ein diffuses Schuldgefühl. Er war in Heimen groß geworden und neigte immer noch dazu, die Institution Familie zu verherrlichen. «Deine Eltern sind besorgt um dich. Das ist ganz natürlich», sagte er, nachdem Arthurs Vater die Wohnung türenschlagend verlassen hatte. «Du bist eine Kitschliesel. Mein Vater denkt nur an den Skandal, und meine Mutter denkt gar nicht», antwortete Arthur barsch, und damit war das Thema für ihn erledigt. Er brach den Kontakt zu seinen Eltern ab und schien sie vergessen zu können, bis sie sich einige Jahre später wieder meldeten und so taten, als wäre nie etwas geschehen. «Mein Mann und ich sind geradezu süchtig nach ihren aufregenden Romanen», säuselte Arthurs Schlangenmutter, und Milan bedankte sich artig für das Lob und ignorierte das zynische Lächeln seines Freundes.

Arthur und Milan hatten alle Katastrophen gemeinsam überlebt. Eifersuchtsdramen und Krankengeschichten. Niederlagen und Flops. Die Enttäuschung, als ein intriganter Kollege die Arthur versprochene Oberarztstelle einnahm. Milans Depression nach dem Verriss seines neuen Lyrikbandes, den keiner ernst nahm, weil der arme Poet inzwischen ein Bestsellerautor war. Ihre Liebe schien an allen Krisen zu wachsen und das Bündnis zu vertiefen. Hartnäckig waren die Phantome des Älterwerdens und das verwirrende Gefühl, in den Bars plötzlich unsichtbar zu sein. Arthur litt unter den Gesetzen des Fleischmarktes, der ihn wie verdorbene Ware aussortierte. «Du klagst, dass deine Aktien sinken, bist aber selbst genauso gnadenlos. Auch du begehrst nur Jugend und Attraktivität. Die Jugend sitzt auf dem Thron, weil wir devot vor ihr knien und sie anbeten», hatte Milan einmal gesagt, und Arthur war wütend aufgesprungen und hatte die Bar verlassen. Nachts hatte er in Milans Armen geweint und sich wiegen lassen wie ein Kind. «Ich weiß, ich bin ein geiler, alter Narr, doch ich kann nicht anders», flüsterte Arthur und fiel in den Schlaf, in dem er und alle anderen für immer jung waren. Arthur ließ sich die Haare nachdunkeln und ging nun täglich ins Fitnesstudio. Er trug verwegene Teenagerklamotten und ahmte den Slang der Achtzehnjährigen nach, was grotesk wirkte, aber Milan schwieg und wartete, dass sein Freund die Midlifecrisis überwand. «Wenn ich ins Bad komme, ist da dieser Fremde im Spiegel und erwartet, dass ich ihn rasiere. Dabei möchte ich den ältlichen Herren siezen und ihn fragen, woher wir uns kennen», hatte Milan einmal beim Frühstück gescherzt, um Solidarität mit Arthur und dessen Problemen zu bekunden. Natürlich registrierte auch Milan die offensichtlichen Veränderungen seines Körpers, die Krampfadern an den Beinen und die vorspringende Wampe, die seine Vorliebe für Pasta und Sahnetorten verriet, die grauen Strähnen im Haar und die Falten, doch er fürchtete sich nicht und nahm alle Zeichen des Alters an. Die Tatsache, dass er immer noch lebte, erschien ihm wie ein Wunder. Er war dankbar, dass er all die vielen Kombinations-Therapien vertragen hatte und brauchte seine ganze Energie, um die Todesangst zu bekämpfen, die ihn überall in Besitz nehmen konnte. Bei einem Spaziergang. Im Supermarkt. Bei einem Essen mit Freunden. In Arthurs Armen. In den Abgründen des Schlafes. Sie kam wie ein Anfall über Milan und war ein Grauen, das ihn von allen trennte. Sein Dichterfreund Detlev, der von ähnlichen Schrecken heimgesucht wurde, war der Einzige, mit dem er darüber reden konnte. Sie telefonierten täglich miteinander und versuchten, sich zu trösten. Manchmal schickten sie sich gegenseitig lyrische Faxe, um einen trüben Tag zu beflügeln. In Berlin trafen sie sich oft sonntags im Zoo oder im Botanischen Garten und suchten eine heile Gegenwelt zum beschränkten Kosmos der Krankheit. Sie schwelgten in Erinnerungen an die wilden Feste ihrer Jugend und mokierten sich über die Gestalt, in die sie das Alter zwang. Drei- bis viermal im Jahr wurden sie zu gemeinsamen Lesungen eingeladen und verbanden den literarischen Auftritt in den Metropolen mit einem kurzen Urlaub. Luxushotels in Wien, Paris, Zürich, Rom, Amsterdam und Hamburg. Die früheren Exzesse der Nacht wichen stillen Nachmittagsfreuden in den Parks und Cafés. «Wir leben wie zwei keusche Kurgäste», spottete Detlev, und Milan bestellte noch zwei Tassen Kakao. Auch viele Jahre später, als Detlev seinen Wohnsitz in die Grand Hotels des Auslands verlegt hatte und Milan schon lange in Zandvoort hauste, blieben sie befreundet. «Ihr seid euch treu wie zwei alte Kriegsveteranen, die aus gefährlicher Schlacht zurückgekehrt sind», sagte Arthur, wenn Milan mal wieder ein teures Ferngespräch mit Detlev geführt hatte.

Die regelmäßig auftauchende Todesangst wog so schwer, dass alle anderen Kümmernisse Leichtgewichte waren. Potenzprobleme, Übergewicht, Zahnprothesen und sonstige Überraschungen gehörten zum Repertoire des Alters und waren für Milan lästige Bagatellen, denen er im Gegensatz zu Arthur wenig Beachtung schenkte. Obwohl das Damoklesschwert nicht länger sichtbar über ihm hing und seine Krankheit inzwischen behandelbar war, dankte Milan täglich jenem Engel, der ihm damals in der kleinen Kirche am Friedrich-Wilhelm-Platz in Berlin erschienen war. Die Lichtgestalt, die über Liebe und Leben gewacht hatte, war für Milan so real wie die gefallenen Engel, denen Arthur an Bahnhöfen und in Stricherkneipen nachjagte. Milan hörte auf, sich Sorgen zu machen, als er sah, dass auch sein Freund Trost fand. Arthur haderte nicht mehr mit seinem Erscheinungsbild und konnte wieder lachen, manchmal sogar über sich selbst. «Sei nicht eifersüchtig. Ich brauche die Jungs, aber das hat nichts mit uns beiden zu tun», sagte Arthur, und Milan gewöhnte sich mit der Zeit an die jugendlichen Gäste, die oft gefräßig wie Heuschrecken in ihr Haus fielen. Wenn Milan wegen seiner Lesereisen wochenlang unterwegs war, quälte ihn die Unruhe, dass Arthur sich leichtsinnig in Gefahr begeben könnte, doch seitdem Dennis bei ihnen lebte, gab es keinen Grund mehr, ängstlich zu sein. Dennis war Arthurs Patient gewesen und hatte mit seiner Hilfe die Drogensucht besiegt. «Arthur hat mein Leben gerettet. Ich würde alles für ihn tun. Sogar töten, wenn es sein müßte», sagte Dennis einmal warnend zu einem Gast, der es gewagt hatte, sich allzu kritisch über Arthurs Leidenschaft für junge Männer zu äußern. Der blonde Hüne wich nicht von Arthurs Seite und begleitete ihn überallhin. Anfangs hatte sich Milan von dieser bedingungslosen Liebe bedroht gefühlt, doch inzwischen war er dankbar, dass Dennis bei ihnen lebte und sie beide beschützte. «Guck mal. Da sitzt dieser Schmierfink, der deinen letzten Roman verrissen hat», sagte Arthur eines Abends in einem Amsterdamer Restaurant, in dem sie für die ganze Hausgemeinschaft einen Tisch reserviert hatten. Seine Bemerkung war eine harmlose Frotzelei, und Milan grinste schief, aber Dennis war aufgestanden und hatte den Journalisten krankenhausreif geprügelt. Der Vorfall sorgte für gehässige Schlagzeilen, und Milan musste dem Opfer eine fünfstellige Summe zahlen, um eine Anzeige wegen schwerer Körperverletzung zu verhindern, aber dieser Abend blieb eine glückliche Erinnerung. «Was für eine überwältigende Liebeserklärung», spottete Arthur, nicht ohne Eifersucht, doch von nun an hatte Dennis zwei Väter, und beim Notar war ein Testament zu seinen Gunsten hinterlegt.

Zu dritt reisten sie durch die Welt und besuchten ihre Freunde. Christoph und Andy in Rom. Detlev und Wolfram in Paris. Michael und Don in Budapest. Georgette und ihren jungen Fürsten auf dem Schloss in St. Petersburg. Rinaldo in New York. Rosa in San Francisco. Natürlich verliebte sich der noch immer sexbesessene Greis in Dennis und versuchte, ihn zu verführen, aber Dennis war schon von Belle verhext und schrieb ihr täglich einen Brief, den er nach Zandvoort schickte, weil Belle wieder einmal unterwegs war und niemand wusste, wo sie sich gerade aufhielt. «Vielleicht bricht sie einem arabischen Sultan das Herz, vielleicht züchtet sie Krokodile in Afrika», lästerte Arthur, und Dennis brachte ihn mit einem Blick zum Schweigen. «Warum sind Liebende immer so humorlos?», seufzte Arthur später in Milans Armen und schlief ein, ohne die Antwort abzuwarten.

Ebbe und Flut. Der Schrei der Möwen über all den Jahren, die versunken waren. «Wer keine Badehose hat, darf nicht ins Wasser.» Der Heimleiter hielt Milan fest und hinderte ihn daran, mit den anderen Jungen rauszuschwimmen. «Sieben ist eine magische Zahl. Du darfst jetzt weinen», flüsterte der Heimleiter, aber Milan wusste es besser. Er war keine Heulsuse. Er war sieben Jahre alt und tapfer. Milan unterdrückte seine Tränen und schaute gleichgültig auf die lachenden Kinder, die sich gegenseitig mit Wasser bespritzten. Ebbe und Flut. Auf dem Grund des Meeres lagen die verlorenen Sommer und Winter. «Siebzehn Jahr, blondes Haar, so standst du vor mir», sang Udo Jürgens und überreichte Milan siebzehn rote Rosen. «Schade, dass du keine Taucherausrüstung besitzt, sonst hättest du den Schatz bergen können», sagte Udo und verschwand. Die Rosen hatten sich in grüne Nelken verwandelt, und alles hatte seine Richtigkeit.

«Aufwachen! Willst du deinen Geburtstag verpennen?» Sascha saß auf der Bettkante und rüttelte unsanft an Milans Armen. «Kolja erwartet dich am Strand. Du sollst gleich kommen. Er hat eine Überraschung für dich.» Milan rieb sich die Augen und versuchte, seine Gedanken zu ordnen. Bei jeder Bewegung raschelte und knisterte das Bett von den Glückwunschtelegrammen und Faxen, die überall verstreut herum lagen, zerknüllt und ramponiert. «Ich bin wohl noch einmal eingenickt. Wo sind denn die anderen?», fragte Milan, aber er war dankbar, dass der erste Geburtstagsstress vorbei war. «Arthur hantelt wie ein Wilder. Leo kocht. Dennis und Belle gehen spazieren.» Sascha lächelte freudlos, und Milan strich ihm über das schwarze, struppige Haar. Milan stand unter der Dusche und genoss den warmen Strahl auf seinem Körper. Unter der Haut summten Erinnerungen an andere Augenblicke. Die rüden Spiele im Heim zwischen Gelächter und heimlicher Erregung. «Baby Milan hat noch keine Haare!» Die Blicke der Zöglinge, ihre heiseren Witze und Scherze. «Haste ihn schon mal wo reingesteckt?» Die atemlosen Jahre der Pubertät. Alle Spiegel hatten Akne. Diese schmerzhafte Sehnsucht nach Ron, die Milan hinter coolen Sprüchen versteckte, aber Ron durchschaute ihn. «Die Tunte ist scharf auf meinen Schwanz.» Alles, wovon Milan damals wirr geträumt hatte, erschrocken von seinen Wünschen, sollte sich Jahre später erfüllen. Wann hatte er zum letzten Mal mit Arthur geduscht? «Das Wasser ist dein Element. Du bist mein wilder Neptun», hatte Arthur gesagt und sich verführen lassen. Unter der Dusche. In der Badewanne. Am Grunewaldsee in Berlin. In einem Boot auf dem Züricher See. An allen Bächen und Flüssen, zu denen ihn Milan gelockt hatte. Unter der Brücke am Tiber. Am Ufer der Seine. Und immer wieder in diesen dreißig Jahren am Meer von Zandvoort. Nur einige Meter von ihrem Haus entfernt. Die Möwen trugen alle Lustschreie davon. Verteilten sie auffliegend in alle vier Himmelsrichtungen.

Neptun war alt geworden, doch auch jetzt noch erregte ihn die Verbindung von Wasser und Körper. Es wäre lustvoll gewesen, es an seinem Geburtstag mit Arthur unter der Dusche zu treiben, aber sein Freund schwelgte in anderen Träumen. Milan hörte, wie Arthur im Fitnesstudio neben dem Badezimmer unter den Gewichten ächzte und stöhnte, und lachte leise vor sich hin. «Happy birthday, alte Eule», sagte Milan zu seinem Spiegelbild und zog den weißen Leinenanzug an, in dem er fünf Jahre jünger aussah.

Die Küchentür stand offen, und Milan sah Leo und Sascha in verzauberter Zweisamkeit vor den Töpfen. Der zierliche Ukrainer war in Leos Armen verschwunden wie ein Vogel im Nest. Das Telefon klingelte, und Milan verließ schnell das Haus. Ein kleiner Junge ritt auf den Schultern seines Vaters und rief: «Dat staat mij aan! Dat staat mij aan!» Immer wieder fühlte sich Milan geborgen und wundersam beschwichtigt, wenn er Niederländisch hörte.« Als hätten die Holländer eine Handvoll Murmeln verschluckt. Kinder und Kobolde haben diese Sprache erfunden», hatte Arthur in den ersten Jahren ihres freiwilligen Exils gelästert und sich darüber amüsiert, dass schlichte Salzkartoffeln in diesem Land gekookte aardappelen waren. Inzwischen sprach er perfekt Niederländisch und bestellte auch in Deutschland und in Frankreich «Koffie met melk» und «bier van het vat».

Der kleine Junge war nur noch ein auf und ab wippender Punkt in der Ferne. Milan hielt Ausschau nach Kolja und war geblendet vom Licht dieses Tages. Meer und Himmel hatten sich aufgelöst in einem flirrenden Blau. Die Boote auf dem Wasser sahen aus, als segelten sie in den Wolken. Im übermächtigen Blau des Tages leuchteten widerspenstig die Anzüge der Surfer. Ein funkelndes Gelb tanzte neben einem flammenden Rot auf den Wellen, dazwischen glitzerten Grün und Orange, doch alle Farbtupfer schienen gebändigt von der triumphalen Bläue dieses Augustvormittages. Milan liebte die verwegenen Pirouetten der Meeresreiter und saß oft stundenlang in seinem Strandkorb, um ihnen zuzuschauen.

«Wo bleibst du denn so lange? Gleich ist alles verschwunden», schimpfte Kolja und schob Milan energisch vor sich her, bis sie vor einer prächtigen Sandburg standen, deren Türme und Brücken und labyrinthischen Gänge sich aus verschnörkelten Buchstaben zusammensetzten. *Happy birthday*, las Milan und war ergriffen von der vergänglichen Schönheit dieses Geschenks. Sein Herz schlug gegen die Brust, als wollte es sich aus seinem Gefängnis befreien, und Milan musste sich hinsetzen. «Weinst du?», fragte Kolja und kniete neben Milan. «Nein, es ist nur dieses gleißende Licht. Ich habe meine Sonnenbrille vergessen.» Kolja wusste, dass Milan log und legte ihm scheu die Hand auf die Schulter. «Der Opa macht seine weiße Hose ganz dreckig», sagte eine Kinderstimme, und Milan drehte sich um und sah ein kleines, dickes Mädchen, das vorwurfsvoll auf ihn guckte. Dessen Eltern, beide ebenfalls übergewichtig, gaben irgendwelche undefinierbaren Laute von sich und zogen die Kleine schnell weiter. «Ich bin ein schmutziger alter Mann», rief Milan und warf sich in den matschigen Sand und wälzte sich wollüstig, bis keine Stelle an seinem Anzug mehr weiß war. Zwei Japaner, die gerade vorbeigingen, kicherten, und einer von ihnen fotografierte die verrückte Szene. Kolja lachte und legte sich neben Milan. Gemeinsam schauten sie auf die Möwen, die benommen in der Luft taumelten, als wären sie vom Blau des Tages betrunken. Selbst ihre Schreie klangen anders als sonst. «Am liebsten wäre ich immer mit dir allein. Ich weiß, dass auch dir all diese Leute auf die Nerven gehen. Du bist nicht wie Arthur, der so etwas toll findet. Ich passe besser zu dir. Wir könnten uns eine Wohnung in Haarlem suchen und immer zusammen sein. Ich würde dich auch nicht beim Schreiben stören. Und wenn du mal krank wirst, kann ich dich pflegen und mich um dich kümmern. Wir wären sehr glücklich», sagte Kolja leise und rückte näher.

Obwohl er und Sascha eineiige Zwillinge waren, konnte niemand die Brüder miteinander verwechseln. Sascha war wild und unberechenbar. Aufbrausend und schnell bereit, zu hassen, wenn er sich verletzt oder abgewiesen fühlte. Kolja blieb immer sanft und gutmütig. Er war kindlich und naiv und lebte in seinen Träumen, in denen die Welt noch heil war. «Ich habe mich entschlossen, einem Teufel und einem Engel Asyl zu gewähren. Die beiden verkörpern die Dialektik des Lebens. Sie beweisen, dass es einen Himmel und eine Hölle gibt», hatte Arthur gesagt, als er die Brüder in der Hausgemeinschaft aufnahm.

Er hatte die Zwillinge in irgendeinem Stricherlokal in Amsterdam kennen gelernt und sich wahrscheinlich sofort in den Engel verliebt. Kolja war zierlich und dunkel wie sein Bruder, aber er hatte nicht dessen wütendes Feuer in den Augen. Im Gegensatz zu Saschas struppigem Kurzhaarschnitt waren seine Haare lang und seidig. Er sah aus wie ein junger Indianer, der sich in eine fremde Zeit verirrt hatte. Die Geschichte der Brüder, die angeblich in einer Kadettenanstalt in der Ukraine aufgewachsen waren, veränderte sich täglich in den phantastischen Legenden, die Sascha um ihre Herkunft spann. Kolja lächelte dann geheimnisvoll und schwieg und übernahm höflich jede Vergangenheit, die sein Bruder ihnen erfand. Arthur warb mit Geschenken und sehnsüchtigen Blicken um Kolja, der alles freundlich annahm, doch von Anfang an entschlossen schien, Milan zu erobern. Vielleicht glich Milan mit seinen weißen Haaren und all den Falten im Gesicht dem Großvater, den Kolja sich als Kind gewünscht hatte.

Eine stürmische Welle warf sich auf den Anfangsbuchstaben der Sandburg und riss zwei Türme ein, die durch eine Brücke verbunden waren. «Appy birthday ist auch originell», murmelte Milan und fürchtete sich vor Koljas Schweigen, das auf eine Antwort wartete. «Warum ein Luftschloss in Harlem bauen? Wir könnten jetzt sofort deine wunderbare

Burg beziehen, als Altritter und Jungritter, und glücklich sein, bis die Gezeiten über uns hinweg-gehen und uns aus der garstigen Wirklichkeit mitreißen in den großen Traumstrom, in dem alle Unterschiede aufgehoben sind», sagte Milan zärtlich und hatte Angst, Kolja zu kränken. «In deinen Augen bin ich ein dummer Junge, den du nicht ernst nimmst. Das ist sehr arrogant. Aber weil du heute das Geburtstagskind bist, werde ich dir nicht böse sein. Eines Tages wirst du mein Herz annehmen.» Kolja hielt die Augen geschlossen und lächelte weise, als hätte er schon lange das Rätsel der Zukunft gelöst. Sie schwiegen wieder und schmeckten den salzigen Wind auf ihren Lippen. Auch Milan schloss seine Augen. Er lag im nassen Sand, als wartete er tatsächlich auf jene Welle, die ihn forttragen würde. Das Brausen des Meeres verband sich mit den Stimmen und Rufen der anderen zu einer Geräuschkulisse, die seltsam klang. Kamen die aufgeregten Kinderstimmen von diesem Strand oder aus der Vergangenheit, von den gebohnerten Fluren des Heims, über die Milan mit den anderen gestürmt war, bis der Direktor absolute Ruhe befahl? Fern und vergangen hörten sich die heiseren Stimmen der jungen Männer an, die an diesem Vormittag am Strand Handball spielten, wie aus jenen Tagen, als Milan in allen Straßen und auf allen Plätzen ein schnelles Abenteuer gesucht hatte. Die Luft schwoll an vom gurrenden Lachen der Frauen, die für immer in die sehnsüchtigen Nachmittage seiner Jugend gebannt waren. Auf die Stühle der Cafés, in denen Milan auf die Liebe gewartet hatte, jedem Fremden hinterherträumend. Alles klang wie von weit her. Als hätte die Zeit den Lärm der Jahre gesammelt, um ihn am 11.August 2030 über diesen Strand zu schütten.

«Willst du dir zu deinem Geburtstag eine Lungenentzündung schenken, oder bist du einfach nur verrückt geworden?» Dennis beugte sich über Milan und hob ihn langsam hoch, bis er, wenn auch wackelig, auf seinen Beinen stand.

Belle schaute lächelnd zu und reichte Milan ihren Arm. «Mach nicht auf Macker. Wenn Milan mit mir zusammen ist, kann ihm nichts passieren», rief Kolja und schüttelte sich den Sand vom Körper. Er sprang in seiner roten Badehose hin und her und sah aus wie ein zorniges Kind. Die gefräßigen Wellen hatten von der Buchstabenburg nur eine Ruine übrig gelassen. Wer genau hinschaute, konnte noch «day» entziffern, als hätte sich dieser Tag im August selbst in den Sand geschrieben. «Der Altritter war glücklich mit seinem Jungritter», sagte Milan und zwinkerte Kolja verschwörerisch zu. Der kleine Ukrainer legte einen Finger auf seine Lippen, schnitt Dennis eine Grimasse und warf sich dann übermütig auf eine Welle, die ihn mit den anderen Schwimmern davontrug. «Der Zwerg wird immer dreister. Hat wohl zu lange in der Sonne gelegen», knurrte Dennis und schaute missmutig auf die Badenden. Er seufzte übertrieben und nahm Milan in die Mitte, als reichte Belles Arm nicht, den Dichter zu stützen. «Wenn sich Schönheit und Kraft mit dem Alter verbünden, will ich gerne hundert Jahre alt werden», spottete Milan und mimte beschwingt den zerbrechlichen Greis. Zu dritt gingen sie langsam zum Haus zurück.

«Es ist sehr egoistisch, dass ihr am Strand Orgien ohne mich feiert», sagte Arthur und schaute amüsiert auf Milans ramponierten Anzug. «Nicht petzen!», flüsterte Milan, und Dennis grinste und schwieg. «Der Sand hat Milan zum Geburtstag gratuliert, und was du siehst, sind die Spuren der Glückwünsche.» Dennis applaudierte begeistert. «Ist Belle nicht wunderbar?», fragte er und wurde rot. «Ich habe es immer schon geahnt. Sie schreibt alle Gedichte, und du veröffentlichst sie unter deinem Namen», scherzte Arthur und umarmte die Schöne. «Ich bin enttarnt und ziehe mich beschämt zurück.» Milan spürte die Blicke der anderen in seinem Rücken und versuchte, so elegant wie möglich die schmale Wendeltreppe hochzuklettern. Natürlich stolperte er. «Zieh dich lieber um. Wir essen gleich», rief Arthur ihm hinterher und lachte schadenfroh.

Das Summen des Hauses schwoll an wie in einem Bienenkorb. Schritte. Stimmen. Geräusche. Das Klirren von Gläsern. Murmeln. Verhaltenes Lachen. Alle Räume vibrierten von der Ankunft der Gäste, von denen jeder eine Bienenkönigin war, gewohnt, die Aufmerksamkeit auf sich zu ziehen. Das leise Brummen vor dem Fenster, wenn wieder ein Auto vorfuhr. Manchmal ein energisches Hupen. Türenschlagen. Das Klackklack von Stöckelschuhen. Begrüßungsworte im Bass oder Sopran. Natürlich hatte Arthur Milans Wünsche ignoriert und ein großes Fest vorbereitet. «Gib zu, dass du dich freust, du alter Pfau!» Der weißhaarige Herr im Spiegel lächelte und nickte Milan zu. Elegant und würdevoll sah er aus in seinem schwarzen Armanianzug. Ein Dinosaurier aus einer anderen Zeit. Er hatte nichts zu tun mit den Kollektionen der neuen Modemacher. Alle diese futuristischen und utopischen Entwürfe, als gäbe es nur noch Astronauten auf der Welt. Jeder sah aus wie ein Statist aus einem Sciencefictionfilm der Neunziger Jahre. «Du lebst immer noch im vorigen Jahrhundert. Armani, Chanel, Bulgari sind out. Mega-out!», hatte Arthur vor einigen Tagen gelästert. Er tat alles, was «in» war und zog sich an wie ein Marsmensch, als könnte er sich dadurch verjüngen. «Sei nicht so verdammt bigott. Auch du würdest heute mindestens ein Jahrzehnt aus deinem Gesicht entfernen. Siehst aus wie ein alter Geier.» Milans Spiegelbild schwieg beleidigt. «Gibt es in diesem Saftladen nur Champagner?» Georgettes Whiskystimme legte sich dunkel und gebieterisch über das Summen. Dennis lachte laut. Milan lauschte und versuchte, die Stimmen zu identifizieren. In seinem Körper war ein aufgeregtes Zittern. Er wollte noch ein bisschen warten, bis er hinunterging, um seine Freunde zu begrüßen. Das Zimmer hatte sich in einen Rosengarten verwandelt. Siebzig Rosen, deren Knospen am Anfang des Tages ihr Fest angekündigt hatten, waren in wenigen Stunden aufgeblüht, üppig und verschwenderisch, als müssten sie sich beeilen. Ihre pathetische Schönheit war wie ein Fieber, das jetzt noch anstieg, um dann mit Einbruch der Nacht in jenen Schlaf zu sinken, in dem alles verschwand. Der Schrei der Möwen. Koljas Sandburg. Namen und Orte. Alle Jahre. Nichts wogen Hoffnung und Furcht in jenem Schlaf. Alles war leicht und erlöst. Noch aber blühten die Rosen und verschwendeten sich an die Zeit, die ihnen blieb. «Ich weiß, dass du und ich noch lange glücklich sind. Das weiß das Meer und auch der Zandvoortwind», hatte Arthur an diesem Morgen gesungen, und Milan war bereit. Er spürte Arthurs Hände auf seinem Körper und hörte sofort auf zu zittern.

«Jeder verrät, was er sich in diesem Augenblick besonders wünscht», schlug Arthur kurz vor Mitternacht im «Exil» vor, in jenem österreichischen Restaurant am Paul-Lincke-Ufer in Berlin, wo sie mit den Freunden Milans neununddreißigsten Geburtstag gefeiert hatten. Alle waren gekommen. Detlev und Wolfram. Christoph und Andy. Michael und Don. Zottel und Thomas. Rinaldo und Frank. Sigrun und Ille. Georgette und Rosa. Sie saßen im efeuumrankten Vorgarten des Restaurants und waren schon etwas betrunken. Die sommerliche Sternennacht. Die gurrenden Tauben zwischen den Tischen. Die Spatzen, die dreist auf die Teller flogen, um sich ihren Anteil vom Festmahl zu sichern. Die Trauerweiden am Ufer, an dem Liebespaare neben kiffenden Punks lümmelten. Vorbeidümpelnde Touristenboote und Autos, aus denen Technomusik in die Nacht lärmte. Irgendjemand sang «Kreuzberger Nächte sind lang», und in einem anderen Café spielte jemand Akkordeon. Alles schien mit allem versöhnt und verbündet in dieser milden Sommernacht am 11. August 1999. «Ich wünsche mir Gesundheit für Wolfram und mich und unsere Katze. Ach ja, und den Nobelpreis will ich auch. Natürlich», scherzte Detlev und lächelte schwermütig. «Ich möchte einen Bestseller schreiben und von den Tantiemen ein Haus am Meer in Zandvoort kaufen und dort mit Arthur und euch allen am 11. August 2030 meinen siebzigsten Geburtstag feiern», sagte Milan und wunderte sich nicht, dass in diesem Augenblick eine Sternschnuppe vom Himmel fiel.

ANGABEN ZU DEN AUTOREN

Thomas Böhme (geb. 1955)
Lebt als Autor und Fotograf in Leipzig. Zahlreiche Veröffentlichungen (Lyrik und Prosa) seit 1983, zuletzt: «Vom
Fleisch verwilderte Flecken» (1995), «Die Zöglinge des
Herrn Glasenapp» (1996), «Heimkehr der Schwimmer»
(1996), «Geruch des Gastes» (1996), «Alle Spur wird Fell»
(1998), «Die Körper und das Licht» (1998)

Lutz Büge (geb. 1964)
Lebt als Journalist und Autor in Freiburg. Bisherige Veröf-
fentlichungen: «Uschi, Lotte & Amerika» (1996), «Reife
Leistung» (1998), «Genetics» (1999)

Walter Foelske (geb. 1934)
Lebt als Autor in Köln. Bisherige Veröffentlichungen:
«Anatomie eines Gettos» (1980), «Im Wiesenfleck» (1994),
«Das innere Zimmer» (1995), «Cousin Cousin» (1997),
«Wahnsinn und Wut» (1998)

Peter Hofmann (geb. 1965)
Lebt als Journalist und Autor in Potsdam. Bisherige Veröffentlichungen: «Hurenherz» (1994) sowie Beiträge zu Sam-
melbänden. Im Herbst 2000 erscheint „Berlinsolo".

Elvira Klöppelschuh (geb. 1941)
Lebt unter männlichem Tarnnamen in Berlin. Bisherige
Veröffentlichung: «Elvira auf Gran Canaria» (1992)

Klaus Mattes (geb. 1959)
Lebt als Lehrer in Heilbronn. Bisherige Veröffentlichung:
ein Beitrag in dem Sammelband «Hildegard! Storno!» (1999)

Detlev Meyer (1959 – 1999)
Lebte als Autor in Berlin. Zahlreiche Veröffentlichungen
(Lyrik und Prosa) seit 1982, zuletzt: «Biographie der Bestür-
zung» (1997), «Sind Sie das Fräulein Riefenstahl?» (1997),
«Stern in Sicht» (1998)

Kolja Michovski (geb. 1966)
Lebt als Gerontotherapeut und Autor in Berlin. Bisherige
Veröffentlichung: ein Beitrag in dem Sammelband
«Hildegard! Storno!» (1999)

Michael Sollorz (geb.1962)
Lebt als freier Journalist und Autor in Berlin. Bisherige
Veröffentlichungen: «Paul und andere» (1992), «Abel und
Joe» (1995), «Orakel» (1996), «Deutscher Meister im
Seitensprung» (1997)

Peter Tschiche (geb. 1961)
Lebt als Pädagoge und Autor in Hamburg. Bisherige Veröffentlichungen: «Pariserpark» (1995), «Tschüss Amigo» (1997)
sowie Beiträge in Anthologien

Mario Wirz (geb. 1956)
Lebt als Autor in Berlin. Bisherige Veröffentlichungen: «Es
ist spät, ich kann nicht atmen» (1992), «Ich rufe die Wölfe»
(1993), «Biographie eines lebendigen Tages» (1994), «Das
Herz dieser Stunde» (1997), «Umarmungen am Ende der
Nacht» (1999) sowie, mit Rosa von Praunheim, «Folge dem
Fieber und tanze» (1995)

DETLEV MEYER

DER BIOGRAF DER BESTÜRZUNG

Romane, Kolumnen, Gedichte

Mit Detlev Meyer betrat Anfang der achtziger Jahre der selbstbewußte (und selbstverliebte) Homosexuelle die literarische Bühne. Auf erste Gedichte folgten die drei Bände der «Biographie der Bestürzung», ein Abgesang auf das wilde Berliner Großstadtleben vor und während des Ausbruchs der Aidskrise.

Der Briefroman «In meiner Seele ist schon Herbst» erzählt die jugendliche Vorgeschichte von Meyers alter ego Detlev Dorn, der noch lernen muß, sich nicht durch ein Übermaß kulturellen Ballasts die Leichtigkeit des Lebens zerstören zu lassen.

Die Auswahl an Kolumnen aus zehn Jahren in «Die PC-Hure und der Sultan» dokumentiert die Entwicklung schwulen Lebens seit dem Ende der achtziger Jahre.

In «Versprechen eines Wundertäters» kehrt Meyer zurück zur Lyrik, deren Tonfall seit dem stürmischen Aufbruch freundlicher und versöhnlicher geworden ist. Zuletzt erschien sein Gedichtband «Stern in Sicht».

Detlev Meyer wurde 1950 in Berlin geboren und starb dort am 30. Oktober 1999.

MÄNNERSCHWARMSKRIPT VERLAG

Yossi Avni

Der Garten der toten Bäume

aus dem Neuhebräischen von
Katharina Hacker und Markus Lemke

Melancholisch beschreibt Avni die mühevollen Versuche,
einer sozialen Norm gerecht zu werden, die außer der
Sicherheit vor Ausgrenzung wenig Positives zu bieten hat.
In diesem Kontext gewinnt der Blick zurück in die Kindheit
besondere Bedeutung, die Erinnerung an Freundschaften,
die schnell getrennt wurden, aber auch an das kurze Glück,
wenn Träume wahr zu werden schienen.

«Der Garten der toten Bäume» ist ein Paradebeispiel dafür,
wie die besondere Perspektive des sexuellen Außenseiters
einen eigenen Blick auf seine Umgebung ermöglicht. Auf
hohem sprachlichen Niveau vermittelt Avni dem Leser ein
Gefühl für den Alltag der jungen Generation im heutigen
Israel, vor dessen Hintergrund melancholische Liebesgeschichten und verträumte Kindheitserinnerungen ihren
großen ästhetischen Reiz entfalten.

Yossi Avni wurde 1962 als Sohn von Einwanderern aus
Afganisthan und dem Iran in Israel geboren. Nach dem
Studium von Geschichte und Rechtswissenschaften arbei-
tete er für kurze Zeit als Rechtsanwalt in Tel Aviv. Ein
mehrjähriger Deutschlandaufenthalt hat ihn stark beeinflußt.
«Der Garten der toten Bäume» ist sein erster Roman.

192 Seiten - ISBN 3 928983 68 -7

MännerschwarmSkript Verlag

Hervé Guibert
«Verrückt nach Vincent»
&
«Die Hunde»

Zwei Erzählungen
aus dem Französischen von J. Schlegel

Guibert wurde in Deutschland 1991 mit seinem Roman «Dem Freund, der mir das Leben nicht gerettet hat» schlagartig berühmt, die Talkshows rissen sich um ihn. Was das nekrophile Feuilleton fast immer verschwiegen hat: 1991 lag bereits ein umfangreiches literarisches Werk des jungen Autors vor. Mit diesen Erzählungen bringen wir den «eigentlichen» Guibert, den lebenslustigen, witzigen, geilen jungen Mann, der mit französischer Eleganz böse Geschichten geschrieben hat, bevor er auf 40 Kilo abmagerte.

Hervé Guibert wurde 1955 in Paris geboren. Bis zu seinem Tod im Dezember 1991 legte er ein umfangreiches Werk als Autor, Fotograf und Filmkritiker vor. In Deutschland wurde er 1990 durch seinen autobiographischen Roman «Dem Freund, der mir das Leben nicht gerettet hat» (Rowohlt) bekannt.

96 Seiten - ISBN 3 928983 75 - X

MännerschwarmSkript Verlag

Bastian Brisch

Seitenwechsel

Die Geschichte eines schwulen Familienvaters

Mit einem Nachwort von
Pastor Rainer Jarchow, Hamburg

Im Alter von 43 Jahren erlebt Bastian Brisch – verheiratet,
zwei Töchter – sein schwules Coming-out. «Herzlichen
Glückwunsch», könnte man sagen, «besser spät als nie».
Doch was in vielen Lebensgeschichten eine Art Happy-end
bedeutet, Befreiung und Start in ein neues Leben, erweist
sich für Brisch zunehmend als Alptraum.

Nach ängstlichem Zögern offenbart er sich seiner Frau. Die
spontane Antwort lautet: «Das schaffen wir schon.» Schritt
für Schritt kämpft Brisch um die Verwirklichung seines
schwulen Lebens, er stellt sich seiner Verantwortung und
will es allen Beteiligten – der Frau, den Kindern, dem
kirchlichen Dienstvorgesetzten – Recht machen. Die Reak-
tion läßt sich in zwei Sätzen zusammenfassen: Dem
«Problem» Homosexualität wird mit schönen Worten viel
Verständnis entgegengebracht, doch der schwul lebende
Mensch ist sowohl für die Familie als auch die Kirche
untragbar.

Bastian Brisch ist 58 Jahre alt, arbeitet im kirchlichen
Dienst und lebt in Süddeutschland.

124 Seiten - ISBN 3 928983 79 -2

MännerschwarmSkript Verlag